小学館文庫

私たちは25歳で死んでしまう

砂川雨路

小学館

CONTENTS

模範的幸福

二十五年。

人類の平均寿命である。

あくまで平均値なので、三十歳近くまで生きる者もいれば、二十歳ほどで死ぬ者もいる。おおむね二十五年が人の一生のすべてだ。

アカルは寿命について深く考えたことはなかった。

皆と同じように生後半年から「子どもの家」と呼ばれる施設で育ち、就学と同時に寮暮らし。プライマリースクール時代に両親が相次いで亡くなったと連絡をもらったけれど、特段悲しいという感情は湧かなかった。両親の享年はそれぞれ二十四歳と二十五歳だったそうだ。

なんでもはるか昔の人類は百歳近くまで生きたらしい。教科書によれば年を重ねるごとに皺《しわ》が増え、髪は禿《は》げ上がったり白くなる。内臓や関節の機能に異常が出やすくもなるそうだ。しかし、写真などの視覚的な情報は教科書に載っていなかったので、それがどんな様子かはわからなかった。

百歳……。身体《からだ》を自分で動かせるものなのだろうか。社会は、そんな超高齢者ばかりでどう回っていたのだろう。

よぼよぼの人間だらけの世界は想像しきれないものの、少しおかしくて笑ってしまう。

皺々になるまで生きなくて済む自分たちは幸福なのかもしれない。

そんな特に意味もないことを考えながら、アカルはキッチンで食器を整理していた。

お皿は食器棚、カトラリーは引き出し。支給された食器はすべてふたり分だ。もちろんマーケットで買い足すことはできるけれど、食器類は家族が増える度支給されるのだから、支給品を使うほうが得だろう。

「アカル、自分の荷物の整理は終わったの？」

隣の寝室から顔を出して尋ねるのはコウキ。昨日結婚式を挙げたばかりのアカルの夫である。同い年で十五歳のコウキは、黒い髪と目をした青年だ。

「うん、そんなに荷物ないし」

「寝室に本棚を作ったんだ。学校で使っていた教科書やノートはここに置くといいよ」

「教科書はリサイクルに出したよ。ノートは後輩にあげたし」

「カバンなんかもないの？」

「寮を出るとき捨てちゃった。どうせ、もう使わないから」

アカルの答えに、コウキは一瞬驚いた顔をし、それから声をあげて笑った。

「きみってあっさりしてるんだねえ」

笑いながら言われて、アカルは首をひねった。あっさりしている。そうかしら。

「でも、教科書もスクールバッグももういらないよね。仕事用に新しいカバンは支給されたじゃない。それともコウキはスクールバッグを使う？　学校の教科書やノートを見返す？」

「まあ、使わないし見返さないかもしれないけど、思い出としてさ」

「思い出は卒業アルバムを持ってきたから、それで充分だよ」

アカルの答えに「そういうもんかなあ」とコウキはいつまでもおかしそうにくつくつと笑っていた。変なことを言ったかなと頭を搔《か》きつつ、コウキが楽しそうに笑ってくれたのはいいことだと思えた。

昨日会ったばかりのコウキと仲良く夫婦としてやっていくためには、相互理解を深めることが大切である。譲り合って遠慮しいしいの生活にならないように、気を許しあえる関係を築きたい。こうした些細《ささい》な話題で笑い合えたのだから、幸先《さいさき》は良さそうだ。

食器をしまい、調理道具を流しの下に片づけ終えると、アカルは立ち上がり腰を伸ばした。キッチンは片付いた。リビングも備え付けの家具以外に物はないので片付いている。お互いが寮から運び込んだ私物もたかが知れていて、あとはそれらを寝室に整理してしまえば引っ越し作業は終わりになる。

「あれ？」

アカルはダイニングテーブルに置かれた箱を見つけた。支給品の段ボールとは違う。開けてみると対の青いマグカップが入っていた。アカルとコウキの名前が古めかしい書体で印字されてある。支給品のリストにはないから、コウキが用意してくれたもののようだ。

幼い頃から寮で過ごしてきた自分たちに自由になるお金はほとんどないけれど、寮や学校の手伝いをして小遣いをもらうことは認められている。コウキはそうして手に入れたお金でこのマグカップを買ってくれたのだろう。結婚相手がわかるのは三ヶ月前だから、名前がわかってすぐに発注してくれたのかもしれない。ふたりの新生活のために。

「もしかして、結構マメ？」

アカルはくすくす笑いながらも、面映《おもは》ゆい心地でマグカップを棚にしまった。指輪すら支給品の夫婦にとって、ペアのマグカップは自分たちだけの特別なものに思えた。

セントラル五区、築浅《ちくあさ》の２ＬＤＫの集合住宅。備え付けの家具に、支給品の日用品。マーケットはすぐ近くにあるし、職場のファクトリーまでもお互い徒歩で五分ほど。

アカルとコウキは今日からこの部屋で暮らし始める。十五歳の夫婦の新しい生活である。

アカルが学校で学んだ知識によれば、ある隕石《いんせき》がこの星に飛来したのが今から約五百年前だそうだ。場所はアカルたちが暮らす島国から一万七千キロ離れた砂漠だった。

それから百年の間に世界の人口は半分以下になった。原因は体内に溜《た》まった排出不可能な毒素。人間はこの毒素を解毒できず、一定の量が蓄積されると緩やかに生命維持機能が低下し、死に至る。

その毒素の発生源が隕石だった。正確には隕石に付着していた未知の細菌の代謝物である。

その存在に当時の研究者たちは気づくことができず、細菌はわずか数年で爆発的に増え星中を覆った。後にTマクロと名付けられたこの菌は地球環境に定着。蓄積する毒素は土壌に染み込み、星全体を毒の大地に変えた。この頃から、人類の営みにも大きな変化が生まれ始めた。

人類は未曽有《みぞう》の危機に、争いをやめ一丸となって立ち向かったとされている。統一政府が樹立し、生存率をあげるため人々の生活が管理されるようになった。そして研究者たちの努力の結果、人類の身体はこの毒素に限界まで耐えられるようになったそうだ。その限界が、おおむね二十五年という現在の平均寿命である。

人は毒の環境に生まれ、毒にさらされながら生きる。

十五歳での就労と結婚のシステムも、統一政府の管理下で行われる世界共通の施策である。人類は、二十五年の寿命のうち生殖可能な期間が十年程度と短い。パートナー選びや就労により、妊娠出産の機会が損なわれるのを防がなければならない。

結婚と就労を管理下におくのは、効率的な種の存続システムであった。子どもは生後半年で親元を離れ施設と寮で集団生活をおくり、十五歳になる年に決められた相手と結婚し、決められた仕事に就く。そして生涯の間、できるだけ多く子どもを産むよう推奨される。

人類の歴史を考えれば、二十五年という平均寿命は短すぎるものかもしれない。しかし、アカルはこうして生きる以外の社会を知らない。クラスや寮の皆と同じように結婚に期待をし、働きに出るのを楽しみに育った。いざ、新生活がスタートすれば、大冒険の始まりに高揚すらしていた。アカルにとって未来は輝かしいものでしかなかったのだ。

引っ越し初日、アカルとコウキは近くのマーケットに買い出しに出かけ、夕飯用のミールセットを買ってきた。

初めてのマーケットは楽しかったけれど、料理は実習でしかしたことがない。コウキも同じだというので作るのは諦め、潔く買うことにした。

寮の食事もそうだったが、市販のミールセットも栄養のバランスが取れていて、実に健康的だった。これなら無理をしてまで自炊しなくてもいいかもしれない。

ダイニングテーブルで向かい合い、ふたりは初めて夕食をとった。学校や寮以外で、自分で買った食事を食べるのはあまりないことなので新鮮だった。

「結構うまいよ」

「うん、美味《おい》しい」

ごはんにミートボール、青菜のソテー。別容器に野菜サラダもたっぷり。くたくたに煮たマカロニとブロッコリーがチーズソースに浸った副菜は、寮の食事でもよく出てきたけれど、マーケットのものは味が違って面白い。

「アカルのいた寮ってどうだった？」

コウキに尋ねられ、アカルは首をかしげる。

「どうって？　設備とか？」

「うん、そう」

アカルはセントラル地区の出身だ。コウキはサウス地区だったはずである。

「コウキのところもそうだと思うけど、セントラルの寮は男女別で、学校と同じ敷地にあったよ。幼年は五、六人部屋。十歳で四人部屋。十二歳以上は二人部屋。各部屋シャワー付きだけど、大浴場ばっかり使ってた。食堂は寮生全員が着席できる大きなのがひとつあったかな」

「へえ、いいなあ。俺のところは十二歳以上も四人部屋だったよ。シャワーは各部屋にあったけど、食堂は学年別で三か所に分かれてた」

「そうなんだ。サウス地区、人が多いものね」

「学校は共学だろ？」

「うん。と言っても、クラスは男女別だったよ。男女が喋《しゃべ》るのって、合同で授業をやるときくらいかな」

男女別のクラス分けは恋愛を禁止するためなのかもしれない。結婚相手は政府が決め、卒業の三ヶ月前に通知がある。ほとんどの場合、他地区の人間とマッチングされるそうだ。

「学校、楽しかった？」

コウキの質問にアカルは笑った。質問の多い旦那様だ。

「楽しかったよ。友達、たくさんいたし。コウキは？」

「うん、俺も楽しかった。子どもの家からずっと一緒の幼馴染《おさななじみ》が四人そろって同じ部屋でさ。毎日がパーティー」

「その部屋、すごくうるさそう」

アカルが笑えば、コウキも笑う。なるほど、思い出を語り合う作業はてっとり早く会話が弾む。そして、夫婦の相互理解にも大切だ。

「そういえば、結婚相手と就労先ってどっちが先に決まるのかな。やっぱり就労先が近いもの同士がマッチングされるのかな」

コウキの言葉にアカルは考えるように視線を上に向けた。

「どうだろうね。就労先の希望は書くけど、必ず希望が通るわけじゃない。結婚相手のマッチングのほうが先かもよ」

「俺たちの遺伝子情報って全員記録されてるんだろ？　ってことは子どもができやすい相性も加味されて、マッチングされてる可能性もあるよな」

「そういうこと」

ミドルスクール時代の関心事に、結婚相手のマッチングがある。決められた相手は絶対で、拒否することはできない。マッチングの審査基準も公にされていない分、余計に興味津々となる。

「私とコウキは相性がいいって判断されたのかもね」

「実際のところはわからないけど、俺はアカルが相手でよかったな」

なんと答えたらいいだろう。迷いながらもぐもぐと残ったミールセットを咀嚼《そしゃく》していると、コウキが思い出したように言った。

「そういえば、このマカロニのやつさ。普通はじゃがいも入ってない？」

アカルは目を丸くして、コウキを見つめ返した。

「入ってないけど？　コウキのところは入ってたの？」

「うん、子どもの頃からこれはじゃがいもが入るメニューだった」

「うっそ」

馴染《なじ》みのメニューのはずが、地区によってレシピが違うらしい。じゃがいもを入れたら、マカロニの舌触りが楽しめない気がするし、サラダみたいな食感にならないだろうか。

「じゃがいも入りうまいよ。絶対、おすすめ」

育った環境が違うもの同士なのだと、こんな些細なことで実感する。面白そうだから、今度じゃがいも入りで作ってみようとアカルは思った。作り方は携帯端末で調べればわかるだろう。

「明日からお互い仕事だね。コウキは自動車部品製造でしょ。男子の人気職じゃん、やったね」

「ああ、希望通りでラッキー。アカルは食品のファクトリーだって言ってたけど」

「パンよ、パン。寮や学校に卸すパンの製造なの。社員はたまに余りをもらえるみたい」

「へえ、食費が浮くね」

屈託なく笑うコウキを見て、やはり先ほど『私もコウキが相手でよかった』と言うべきだったとアカルは思った。そのほうが感じがよかったに違いない。

その晩は同じ寝室の隣同士のベッドで眠った。今日から夫婦。しかし、アカルはまだルームメイトみたいな気分にしかなれないでいる。

「アカル」

灯《あか》りを消してしばらく経《た》った頃だ。暗闇の中、隣のベッドからコウキが手を伸ばしてきた。

「なに?」

「……なんでもないよ」

手はすぐに引っ込んだ。この手は握り返すべきだったのだろうか。そんなことを考えているうちに、アカルは眠りに落ちていた。

アカルの勤務先のパンファクトリーは、家を出て少し行った先にある。このあたりにはいくつものファクトリーが立ち並び、勤務する職員たちの住宅もずらりと並んでいる。

アカル自身は、本当のところ製造業よりサービス業に就きたかった。たとえば、マーケットの店員。品出しをしたり、商品の発注をしたりする仕事だ。もっと贅沢《ぜいたく》を言えば、洋品店の店員になりたかった。これは女子には人気の仕事で希望者はたくさんいたはず。アカルも希望したけれど、通知にあったのはパン工場の仕事だった。

「二十歳までは転職できるって聞くし。転職希望は出し続けてみよう」

アカルは職場へ向かいながら、ひとり呟《つぶや》いた。ひとまず目の前の仕事を頑張ろう。希望した職ではないものの、新しい環境に飛び込むのはわくわくと胸が弾む。

ファクトリーにはアカルと同じく今日から働く若者がずらりと百名ほど集まっていた。男性も女性もいるが、皆食品衛生用の白衣を着用していて目元しか見えない。

「これから配置を通達します。男女は分かれての作業になりますからね」

入社式の挨拶で男性工場長が言った。長く女子だらけの暮らしをしてきた。女子同士のほうが楽でいいので、男女別なのはよかったと思う。アカルが配属されたのはファクトリーの中でも一番奥まったところにある施設で、パン生地を製造する部署だった。

「二十三歳と二十四歳がごそっと抜けたところだったの。新卒の補充は本当にありがたいよ」

配属部署でのミーティングで、係長の女性はアカルと他の新入社員五名にそう言った。

「難しい仕事はないからすぐに覚えられると思うよ。あと、原材料はどれも重たいから、筋肉がつくね」

筋肉、その言葉に新入社員同士は顔を見合わせ、どう反応したらいいか迷った。

「お昼は廃棄になったパンが食べ放題だけど、おにぎりか麺類を持ってくるのがおすすめ」

他の先輩社員が笑って口をはさんでくる。

「お昼までパンを食べてると、一週間くらいで見るのも嫌になるんだ」

「見るのも嫌なものを作りたくないよねぇ」

「あと、結構太るよ。パンばっかり食べてると」

別の先輩が白衣の上からお腹《なか》のぜい肉をつまんで見せ、ようやく新入社員たちは声をあげて笑うことができた。自分だけじゃなく皆緊張していたのだ。先輩たちが優しく新入社員を受け入れてくれる様子にアカルはほっとした。

初日の首尾は上々だったのではないだろうか。サイロと呼ばれる小麦粉の貯蔵庫への補給や、機械による種作りを学んだ。ほとんどがオートメーション化された工場だが、人の目による監視や手入れはしなければならず、規模が大きいため人員も必要なのだそうだ。生地を作り、一次発酵させるまでがアカルたちの仕事である。

先輩たちは丁寧に仕事を教えてくれ、アカルたち新人の中に初日で不安を覚えたものはいなかった。『体調が悪い人はいないわね？』と尋ねられたのは、小麦のアレルギーをおこす者が稀《まれ》にいるからだそうだ。該当者はすぐに転職の手続きが取られるという。

「つまりは、そういった理由なしには転職できないのかなあ」

アカルは呟いたが、今日の時点で仕事に不満もなく、明るい職場の居心地の良さから転職への気持ちは若干薄らいでいた。

「そうだ、夕飯とおにぎり用のお米」

今夜の夕食はアカルが買う約束になっている。そして、明日から先輩の勧めに従い、昼食用におにぎりを持って行こうと考えていた。今日の昼食は新入社員みんなで廃棄するパンを食べた。焼きたてのパンはとてもおいしかったけれど、確かにこれが毎日では太ってしまいそうである。

「冷凍の野菜やフルーツも持っていこう」

マーケットでミールセット以外にも必要そうなものをほいほいとかごに入れていく。支払いについては支給されたカードで決済できる。初任給が入るまでは無駄使いできないけれど、最低限の日用品が買える金額がこのカードには入っている。そうだ。コウキの言っていたじゃがいも入りのチーズマカロニを作ってみよう。マカロニのパックを手にし、アカルは考えた。きっとコウキも喜ぶに違いない。

買い物の荷物を両手に下げて帰宅すると、すでにコウキが戻っていた。コウキも今日から自動車部品のファクトリーで働き始めている。

「コウキ、ただいま。早かったね」

「ああ、アカル、おかえり」

コウキはダイニングの椅子に腰かけていたが、アカルの顔を見て笑顔で立ち上がった。そしてアカルから荷物を受け取る。

どことなく元気がなさそうに見えるのは気のせいだろうか。

「コウキ？　どうかした？」

「んー……」

コウキは視線をそらして、キッチンへ荷物を運んで行く。しばしそのまま待っていると、ミールセットを手にコウキが戻ってきた。

「冷やしたほうがよさそうなものはしまったよ。マカロニとじゃがいも、買ってきてくれたんだ」

「うん、明日にでも作ってみようかと思って。チーズや生クリームも買ったよ」

コウキは微笑《ほほえ》んだけれど、やはりその表情はどこか暗い。何かあったのだろうか。

「コウキ、夕飯食べようか」

「ああ、そうしよう」

食べながら、コウキはぽつりぽつりと今日の出来事を話してくれた。

「先輩がめちゃくちゃ怖いっていうのは噂《うわさ》で聞いてたんだけどさ。でも、人気の職場だし、厳しいのは当然だろ、くらいに思ってた」

「嫌なこと言われたの？　暴力とか？」

「いや、俺が悪くて。教えられた仕事、ちょっと早とちりして工程ぬかしちゃってさ。肩をどつかれたくらい」

「暴力じゃん、それ」

コウキは曖昧な顔をしている。アカルは苛立《いらだ》ちを覚えたが、それはコウキに対してではなく、見も知らぬコウキの先輩に対してだった。

「暴力はよくないよ。これ以上されたら、すぐに行政府の就労課に報告しよう。配置換えや転職だってできるんだから」

「アカル、大袈裟《おおげさ》だよ。それほどのことじゃない。……俺はどっちかっていうと、自分が情けなくてしょげてんだ」

コウキがうつむき、フォークを置いた。

「せっかく憧れの職場に入れたのに、初日から失敗ばっかりでさ」

「そんなの気にしないほうがいい」

「アカルにも申し訳ないなって思った。こんなヤツが旦那じゃ、恥ずかしいよな」

そう言われて、アカルはきょとんとした。コウキが職場で失敗しても、たとえそれが原因で評価を下げられても、アカル自身には関係がない。だから、コウキが申し訳なく思う理由もない。

しかし、コウキは自分の失態で、アカルに恥を掻かせると感じているようだ。

「夫婦だから？」

気づけばそう尋ねていた。コウキがアカルの顔を見て、おずおずと頷《うなず》いた。

「仕事ができない夫を持ったって、職場や近所でアカルが揶揄《やゆ》されたら嫌だ」

「そんなの言う人いないよ。いても、無視するもの」

「それに、俺がアカルに呆《あき》れられたくない」

再びうつむいたコウキを見つめ、アカルは思った。どうやらコウキの考えるところでは、夫婦は一蓮托生《いちれんたくしょう》らしい。恥も喜びも共有するようだ。

そして、少なくともコウキはアカルに嫌われたくないと思っている。そのために格好いい夫でありたいと考えている。

　互いを知って約三ヶ月、一緒に暮らしだしてまだ二日目。わからないことだらけの妻と夫だけれど、コウキはアカルに愛着を抱《いだ》き始めてくれているようだ。

「私、コウキに呆れたりなんてしないよ。絶対、何があっても味方でいるよ」

　アカルは笑顔を作った。コウキがこれ以上不安な顔をしないように。

「コウキ、真面目《まじめ》なんだね。仕事の初日からそんなに落ち込んでたら、萎縮しちゃって明日も失敗しちゃう。今日はしっかりごはんを食べて、たくさんお喋りして寝よう。明日はきっとうまくいくよ」

「そうかな」

「うん、そう。食べよう、食べよう」

　フォークを握り、アカルはマカロニをたっぷりととった。おいしそうに頬張ってもりもりと咀嚼する様子を見て、ようやくコウキが安心したように微笑んでくれた。自分が笑えば、夫も笑う。きっと夫婦とはそういうもの。

　アカルとコウキが結婚をして、二ヶ月ほどが経った。季節は晩秋。ファクトリーまでの街路樹が色づき、葉を落とす時期だ。

アカルは職場に馴染み、順調に仕事をこなしていた。最初こそ不安そうだったコウキも、先輩に叱られる回数が減ったようで、毎日元気にファクトリーに通っている。そろっての休みはふたりとも日曜なので、その日は散歩をしたり料理を作ったりと気ままに過ごす。

まったく知らない人間だったコウキが、今は一番近い存在になったとアカルは感じていた。友人とは少し違う親密な関係だ。

この日、アカルの勤めるパンファクトリーに学生たちが職場見学に来た。セントラル地区のミドルスクールの学生が、工場内部を見て回るそうだ。就職先の希望を出すにあたり、最終学年はこういった行事が多かったことを思い出す。ただ、その年によって行先は変わるので、アカルの時はこのファクトリーへの見学はなかった。

「タカハタ先生」

アカルの休憩時間に合わせて会いに来てくれたのは、学生の引率で来ていたタカハタという教師だ。タカハタはアカルの担任だった。

「アカルさんが元気にしているかなと思いまして」

タカハタは気遣わしげな表情でアカルを見つめる。在学中も思ったが、タカハタはおとなしく物静かな教師だ。年齢がかなり上ということもあるかもしれない。

　タカハタは現在三十歳、長命種と呼ばれる人種である。人口の一パーセント未満しかいない彼らは、平均寿命を大きく上回る年齢まで生きるそうだ。なんでも、遺伝子レベルでTマクロの毒素に耐性があるらしい。統一政府や連なる行政府の首脳陣は貴重な長命種で構成されていると聞くが、タカハタ個人は穏やかで野心も何もなさそうな一介の教師なので、すごい人だと思ったことはなかった。

「ありがとうございます。仕事にはずいぶん慣れました。先輩たちは優しいし、お給料もたくさん。ここはいい職場ですよ。後輩たちにオススメしておいてください」

「それはよかった。パートナーとは仲良くしていますか？」

　決まり切った質問だろうが、アカルは自信をもって答えた。

「はい、夫のコウキはサウス地区出身で、真面目で誠実です。仲良くやっています」

　アカルの返事に、タカハタは柔和な表情をさらにやわらげた。教え子の近況に心から安心している様子だ。

「先生、他にも職場見学に行っているんですよね」

「はい、先週はセントラル四区の野菜加工のファクトリーへ」

「あ、そこに、ルナがいませんでしたか？」

　ルナはアカルの友人だ。ミドルスクールからは寮のルームメイトでもある。

「ええ、ルナさんはそのファクトリーで働いていますが、今は体調不良でお休みを取っているそうです」

体調不良という言葉にざわっと背筋が寒くなった。アカルは十五歳になったばかり。ルナも来月十五歳になるはず。まだ、寿命にはかなり早い。しかし……。

「連絡を取ってみるといいですよ。きっと、ルナさんも喜びます」

「はい、そうします」

思えば、結婚からふた月、新生活に慣れることに精一杯で旧友たちに連絡する暇がなかった。支給品の携帯電話には、クラスメイトや寮の仲間たちの連絡先は入っているというのに。

タカハタを見送り、午後の仕事に戻りながら、アカルはルナに電話をしてみようと思った。見舞いに行っていいかとも聞こう。

ファクトリーから出て、家路につきながら早速携帯電話をタップする。ルナは数コールですぐに出た。

『アカル？　久しぶり』

懐かしい友人の声に、アカルは嬉《うれ》しくなる。たったふた月会わなかっただけなのに、宇宙の果てくらい離れてしまったような心地だ。

「ルナ、体調は大丈夫？　今日、タカハタ先生と会ってね。ルナが体調不良で仕事をお休みしてるって聞いたから」

ああ、とルナは笑みを含んだ声で返す。

『お休みしたかったわけじゃないんだけど、野菜の青臭い匂いがどうしてもキックて』

「え？　そうなの？　それって体質に合わないんじゃない？　転職とか考えたほうがいいんじゃ」

『今だけだと思う。……つわりだから』

アカルは言葉を失った。つわり、つまりルナは妊娠している。つわりが苦しいから仕事を一時的に休んでいるのだ。

『こんなに気持ち悪くなると思わなくて驚いちゃった。でも、うちの職場、つわり休暇取る人がかなりいるから休みやすくて助かったよ』

「そ、そうなんだ。とにかく、おめでとうだね。すごいよ、ルナ」

慌てて口にした祝いの言葉に、ルナは照れ臭そうに笑う。

子どもを生《な》すことは、夫婦の義務である。人口の減少を防ぎ、種を存続させていくために、最低でもふたり、多く産めば産むほど社会保障も優遇されると聞く。

頭ではわかっていた。しかし、アカルはなぜか自分に当てはめて考えてこなかった。コウキとの新生活を楽しくは思っても、彼を性愛の対象として見たことがない。いまだ肉体的な接触はない。

コウキと子どもを作って、夫婦の務めを果たす。考えてみても、まるで現実味のない話にしか思えない。

同時にコウキのことを考えた。仲のいいルームメイトのように暮らしてきた二ヶ月。コウキはどう思っていたのだろう。コウキは一切そういったことを口にしなかった。

アカルはルナと通話しながら考えた。自分たちは義務について考えてこなかったのではなかろうか。寮や学校の枠組みの外に出たことに夢中になって、大人として何をすべきかを無視してきたのかもしれない。十五歳になったのに、てんで子どものままだ。

「アカル、今帰り?」

はっと気づくと、自宅の集合住宅の前だった。ちょうど帰宅してきたコウキがそこにいる。手にはふたり分の夕食のパックがある。

「コウキ」

「なに?」

「私たち、子どもは作らなくていいのかな」

コウキは驚いた顔をし、咄嗟《とっさ》に辺りを見回した。周囲に聞かせたい話でないのはアカルもわかっている。

「急にどうしたの？」

「そういうこと、全然相談してこなかった。だけど、子どもを作るのは人口を維持するために大事なことだって学校では習ったし、私たちちゃんとした大人なんだし、もう考えたほうがいいのかなって」

自分の言葉が、とってつけたみたいだとアカルは思った。ルナの妊娠に影響されて、慌てているのだからなんだか情けない。並んで階段をのぼりながらコウキが答えた。

「アカルは俺でいいの？」

何を言っているのだろう。アカルは隣のコウキを見つめた。

「私の夫はコウキだから、コウキ以外と子どもは作らないよ」

「そういうことなんだけど、そういうことじゃなくて。うーん。難しいな」

コウキは困ったように笑う。

「気持ち的な問題。知り合ってまだ時間も経っていないのに、アカルは俺とできるのかなって」

「コウキはできない？」

「俺はできるよ」

ぼそぼそと恥ずかしそうに答えるコウキ。おそらくはすべてアカルを気遣っての言葉なのだろう。今まで言葉にしてこなかったのも、アカルのために違いない。

しかし、それでは夫婦の義務を果たせない。十五歳の成人なのだから、自分たちの楽しさだけにかまけていてはいけないのだ。アカルはどこか急《せ》くような心地で言った。

「子どもを作ってみようよ。すぐにはできないかもしれないけれど、私はチャレンジしたほうがいいって思ってる」

「アカルが望んでくれるなら、俺は異存ないよ」

「たくさん産むと老後の社会保障で優遇されるっていうしね。そうすれば二十三、四歳になった時にコウキとのんびり暮らせるもん」

「うん、そうだね」

コウキは頷く。その顔は、ずっと困ったように笑っていた。

三ヶ月が瞬く間に過ぎていった。間もなくふたりが暮らしだして半年になる。季節は冬の最中《さなか》、アカルはコートの前を合わせて家路を急いでいた。給料で買ったコートは暖かく、学生時代の支給品よりおしゃれで気に入っていた。首まですっぽりと立ち襟にうずめ、足早に進む。

「アカル、どうだった？」

家にはコウキが待ち構えていた。仕事を終え、早々に帰ってきたのだろう。アカルはぱっと笑顔になり、答えた。

「妊娠してたよ。赤ちゃんできてるって」

「やった！　やったな、アカル」

コウキが駆け寄ってきてアカルの身体をぎゅっと抱きしめる。アカルはその背に腕をまわし、抱擁を返す。嬉しくて涙が出そうだ。妊娠を考え始めて三ヶ月、ふたりにとって待望のしらせだ。

「乾杯しよう。妊娠のお祝い」

「うん、しよう、しよう」

コウキが小鍋でミルクを沸かし、砂糖を溶かしてマグカップに注いでくれた。ささやかな祝いの盃《さかずき》はホットミルク。

青いマグカップをこつんと合わせ、ふたりは妊娠を祝った。口に含んだミルクは熱々でほのかに甘い。

「仕事、きついときは休むんだよ」

「うん。つわり休暇と産休、育休についてはちゃんと取れるみたい」

「赤ちゃん、男かな、女かな」

「まだわかんないよ」

マグカップを手に顔を見合わせ、どちらからともなく笑ってしまった。幸福とはこういう感情だろうか。自分たち夫婦のもとに赤ん坊がやってくる。この喜びはふたりだけのもの。

「ねえ、コウキ。私、すごくコウキのこと好きみたい」

アカルはコウキをまっすぐに見つめてそう言った。どうしても今、言いたかった。

「もっと早く聞きたかったなあ」

コウキは頭を掻いて照れたように笑う。

「俺はずっと前からきみが好きだよ」

「そうなの？」

「そうだよ。きみは本当に何事もあっさりしてるねぇ」

コウキが笑い声をあげ、アカルは反応に困り、結局最後は笑ってしまった。

夫婦というものがまたひとつ実感を持って理解できたように思えた。お互いを大事に扱い、尊重し、意見をすり合わせてともに暮らす。そうしていくうち、相手がかけがえのない存在になっていく。コウキと出会ってまだ半年なのに、長い月日を一緒に生きてきたように思えるのはきっとそのせい。想《おも》いが心を育てていく。

「元気な赤ちゃんを産めるように頑張るね」

「ああ、俺も手伝えることはなんでもするよ」

十五歳の夫婦はマグカップを手に見つめ合った。ほんの数ヶ月先にふたりの血を引いた赤ん坊が生まれてくる。すごいことだと思った。


アカルが男の子を出産したのはその年の秋だった。夫によく似たつぶらな黒い目をした赤ん坊だった。

「可愛《かわい》いなあ」

病室でベビーコットの中の赤ん坊を眺め、コウキがため息をついた。感慨深い表情で、息子のすべてを一瞬でも見逃すまいと見つめている。

アカルはベッドに横たわり、その光景を眺めていた。出産を終えたばかりの身体はくたくたで、しかし頭は異様に冴《さ》えわたっていた。言葉があふれる。

「すごく可愛いよね。こんなに可愛いなんて、産んでみるまでわからなかった。ほんの半日前まで私の中に入っていた子が、こうしてここにいる。不思議、すごく不思議」

「うん、アカルのお腹を蹴っていた手足が、これなんだなあって思うよ」

コウキが赤ん坊の小さな手に触れた。反射なのだろう。その手が握り返してくるので、コウキは目を細め、嬉しそうにアカルを見やる。見て見てと言わんばかりの感動した顔に、アカルも目じりを下げた。

ふと思う。

亡くなった両親も、こうして自分をあやしたのだろうか。生まれたことを喜んで、感動してくれたのだろうか。

「コウキ……コウキは親のこと、覚えてる?」

「いや、全然。赤ん坊の時に離れてるし。でも、写真はまだ持ってるよ」

コウキは息子に視線を落としたまま答える。

「兄と弟がいるって情報はもらってるけど、別々の施設だったし、連絡を取り合う機会もなかったからなあ」

「そうだよね。私もそう」

アカルは答え、息子のあどけない顔を見つめた。息子はあうあうと小さな声をあげている。大きな目がじっとコウキをとらえているが、まだ視力はあまり発達していないそうだ。ここにいるのが両親だと耳で判断しているのだろうか。

この子もいずれ、親を忘れる。

いつか生まれる弟妹の存在を、基礎情報以上に知ることなく育つ。そうしたことに、興味も疑問も持たずに大人になるのだろう。

「アカル、どうした？　どこか身体がつらい？」

ぼうっとしているように見えたようだ。コウキがアカルの顔を覗《のぞ》き込んだ。その表情から労《いたわ》りの気持ちが伝わってくる。

「なんでもないの」

アカルは慌てて微笑んだ。

自分は今、何を不安に思ったのだろう。子どもとはそういうものだ。親元から離れ、安心安全な施設の中で育ち、自身もいずれ大人になり子を産む。未来を担う子どもは国の宝であり、親の所有物ではない。学校でそう習っているし、理解もしている。

「コウキ、赤ちゃんを連れてきて」

「ああ、いいよ。抱き上げるの、初めてだから緊張するね」

コウキはためらいがちに赤ん坊の首の後ろに手を差し入れた。そろりと運ばれてきた息子は透明な瞳で、アカルとコウキを見つめていた。親指を口元に持っていき、ちゅくちゅくと吸い始める。

「可愛い。本当に可愛い」

アカルはなぜだか無性に泣きたくなった。

我が子が生まれた。待望の第一子だ。嬉しくて、無事に生まれてきてくれたことに感謝したい気持ちでいっぱいなのに、どうしても涙が出る。切ないような虚《むな》しいような、どうにも苦しい感情がせりあがってくる。

「俺も涙が出てきちゃうよ」

コウキはアカルの頰につたう涙を感動によるものだと思ったようだった。いや、感涙なのかもしれない。アカルも自身の涙と感情の正体がわからない。

赤ん坊はいつまでも静かな目で夫婦を見上げていた。


半年が経った。ふたりが結婚してもう一年半になる。

この日、ふたりはユウキと名付けた息子を抱き、子どもの家を訪れていた。

統一政府に定められた通り、どの夫婦も例外なく生まれた子どもを生後半年でこの子どもの家と呼ばれる施設に預ける。子どもの養育により、就労復帰、次回妊娠の機会が遅れることを防ぐための規定である。

引き渡した子どもは両親と生活圏が被《かぶ》らないように遠くの地区に移され、そこで養育されるそうだ。子どもの情報は希望すれば今後も継続的に受け取ることができ、面会や手紙のやりとりこそ叶《かな》わないが、親側は子どもの成長を間接的に見守れるようになっている。

アカルとユウキが手続きと親側のガイダンスを受けている間に、ユウキは全身の健康チェックを行われ、無事に入所が決まった。

他にも入所する子どもが三人いて、どの夫婦も子どもと最後の写真を撮り、別れを惜しんでいる。誰もが笑顔だった。母親の手を離れ泣き出す赤ん坊もいるが、それもまた微笑ましい光景である。

子どもを産み、子どもの家に預ける。これが家族の通過儀礼だ。アカルもこうして親元を離れ、今息子のユウキもここで自分たち夫婦と別れる。

「元気でね、ユウキ」

腕の中の可愛い息子を見下ろした。

痛みに耐えて産み、半年の間必死に育ててきた。母乳が上手に飲めないユウキに夜通し授乳したことも、オムツが上手に替えられずロンパースを何枚も濡《ぬ》らしてしまったことも昨日のことのよう。咳《せき》をすれば慌てたし、笑い声が聞こえればこちらも笑顔があふれた。黒い瞳で見つめられると、この子に会うために生きてきたのだと感じられた。

ユウキを抱いて、毎日散歩をした。ふたりで見たいくつもの空と、ユウキの瞳に反射したキラキラと輝く陽光は、生涯何度も思い出すだろう。

この小さな命は自分を頼りに生きている。そう考えれば責任に押しつぶされそうになったこともある。それでもユウキが見せてくれるすべての表情と仕草が、アカルの努力と愛情を肯定してくれた。

今日からユウキにミルクを与えるのは子どもの家の職員になる。ユウキが離乳食を初めて食べる瞬間も、お座りや初めて立って歩く瞬間もアカルが見ることはない。

ユウキはきょとんとつぶらな瞳でアカルとコウキを見つめていた。何が起こっているのかまったく理解していないようにも、すべてわかった上で静かにしているようにも見えた。

三人で写真を撮ってもらい、荷物を渡し、職員の手に七キロの小さな身体を預けた。手の中から重みが消えた瞬間、いっきに身体の力が抜けた。どうしたというのだろう。こんなときに眩暈《めまい》だなんて。アカルは足を踏ん張り、ドアの向こうへ去っていく職員とユウキを見送る。アカルとコウキは息子の姿が完全に見えなくなるまで、手を振り続けた。

「知能テストとか体力テスト、学校の成績なんかを送ってもらえるんだってさ」

帰り道、コウキが言った。息子の将来を楽しみにする明るい口調だ。

「アカルは成績よかったほう？」

「えっと、真ん中より少し上くらい」

「あはは、俺も。じゃあ、普通かなあ、ユウキも」

ユウキ、という名の響きに、胸がちくりと痛む。今後も夫婦の会話には度々出てくる名前だろう。しかし、アカルがその名を我が子に向かって呼びかけることはもうないのだ。

「そうだね。でも、普通でいいよ。普通が一番」

ユウキは泣いていないだろうか。今頃になって、母も父もいない場所に驚いているのではないだろうか。一度泣き出すと、なかなか泣き止《や》んでくれないユウキ。職員が呆れて放置してしまうことはないだろうか。誰にも抱き上げてもらえず泣きじゃくるユウキを想像したら、胸がぎゅうっと絞られるように痛んだ。

ユウキが泣いていたらどうしよう。どうしよう……。

「アカル、夕食だけど、何か食べに行く？」

コウキが顔を覗き込んで尋ねてきた。アカルはハッと顔をあげ、夫の顔を見た。

自分がたった今まで考えていたことが、夢の中のことのように淡く溶けていく。

「……外食なんて……贅沢じゃない？」

「たまにはいいだろ」

昨年より身長が伸びたコウキは、アカルより頭ひとつ分大きくなっていた。肩回りも男らしくがっしりしたように思う。優しく笑う笑顔も、ずいぶんおとなびた。

アカルは笑顔を作った。コウキが笑っているから、笑おう。夫婦とはそういうもの。

「私、コウキと結婚できて幸せ」

この胸のちくちくとした痛みはいつまで続くのだろう。もう半年もすれば、アカルはきっと次の子どもを妊娠する。産み、育て、手放す。

当たり前のこと、普通のこと。それなのに、この疼《うず》くような痛みはなんなのか。きっと、まだ慣れていないのだ。大人の在り方に馴染めないだけ。いずれすべてが当然のこととして、人生の上を通り抜けていくようになるのだろう。

アカルは暮れていく空を眺め、隣を歩く夫の手を握った。強く。

別れても嫌な人

「久しぶり」

購入してきたカフェオレのマグをテーブルに置き、ミナは言った。相手の顔もろくに見ずに。

「ああ、本当に久しぶり」

相手——ユージーンが答える。

椅子を引いて席に腰掛け、ようやくその顔を見た。記憶の中の彼より老け、どことなくうらぶれて見えた。作業着姿でだるそうに椅子の背もたれに寄りかかっている。顎にはまばらに鬚《ひげ》が生え、アイスコーヒーのストローをもてあそぶ手はごつごつと骨ばっていた。四年ぶりに会う元夫は、同い年の二十一歳よりももう少し年上に見えた。

「元気そうでよかったわ」

特に感情も込めない型通りの言葉にユージーンが返す。

「金はねえけどな。ミナは、まだ子どもの家に勤めてるのか」

「うん、まあね。ユージーンは靴メーカーでしょう？」

「あそこはとっくにやめたよ。いくつか仕事変えて、今は建設業。土木関係の現場にいる」

「そっか……」

そこでふたりの会話は途切れた。今日、セントラル二区のこのカフェにユージーンを呼び出したのはミナだ。相談内容は伝えていないけれど、ユージーンは察しているようだった。この年代の元夫婦が会うとしたら、理由はだいたい決まっている。

「私たち、色々あって離婚したわけだけど」

「色々も何も、最初から最後まで性格の不一致だよな」

「話を中断させないで。今日呼び出したのはね、ユージーン」

ミナは言葉を切り、元夫の顔を真剣に見つめた。

「私たち、再婚できないかな」

ユージーンはアイスコーヒーのストローをもてあそぶのをやめ、手をテーブルに戻した。困ったような呆《あき》れたような、なんとも言えない顔をしていた。

＊＊＊

ミナとユージーンが結婚したのは今から六年前。世間一般と同じように政府のマッチングシステムで縁組され、卒業と同時に結婚式を挙げ、同居がスタートした。住まいはセントラル五区。都市部と比べればのどかな一帯で、周辺は工場が多かった。

ミナはイースト地区の出身で、セントラル地区の子どもの家の職員として働くことになった。女子には人気の職である。親元から預かった子どもを就学するまで養育する子どもの家は、どこの地域にも複数ある。ミナが担当する子どもは預かったばかりの乳児だった。シフト制で昼夜関係なく出勤する仕事は大変だったがやりがいもあった。

ユージーンはセントラル地区の出身だった。初めて会ったのは、卒業式の翌日。結婚式当日だった。夫婦はこれから住む地区で、集団で結婚式を挙げるのが一般的だ。写真でしか見たことのない夫は、実際に会うと背がひょろりと高く猫背だった。顔立ちが気に入らないというわけではないけれど、その猫背が借り物のタキシードを取ってつけたように見せ、いまいち決まらない。それが少し残念に思えた。

ユージーンとの同居生活がスタートしても、ミナはこの『残念な気持ち』を何度も味わうことになる。ユージーンはマイペースだった。ミナと生活していても、自分がしたくないことはしない。家事は分担しようと決めたものの、ユージーンがしょっちゅうサボるため、結局はそれらをすべてミナがひとりでやらなければならなかった。ゴミ捨てや食器洗いなど、放置しては衛生的によくない家事はユージーンに任せないほうがいい。結果、分担はどんどんミナに偏っていった。

ユージーンの就労先は靴メーカーのファクトリーだった。いつもゆっくり出勤していく夫を特に気にも留めていなかったが、ある日ミナの携帯電話にユージーンの上司から連絡がきて仰天した。

『妻のあなたからも少し言ってやってくれないか。このまま遅刻が続くようだと、こちらは解雇しなければならない』

ユージーンは遅刻の常習犯だったらしい。しかし本人に問い詰めても『気を付けるよ』と短い返事があるだけ。本当に改善する気があるのかもわからない。

実際、ユージーンはそれからもちょくちょく遅刻を繰り返していたらしい。しかし、ミナも毎朝一緒にいられるわけではない。たまに上司からの連絡がきて、その都度ユージーンの社会人としてだらしない行動を注意するくらいだった。

こういう状況が続くと、夫婦関係にも不和が生じる。少なくともミナは、ユージーンに対して情愛を覚えることができなくなっていた。ユージーンに誘われても、同じベッドで寝るのすら嫌で、自然と夫婦の営みは途絶えた。

ユージーンはユージーンで、そんなミナに不満を覚えていたようだった。ミナは当初から言いたいことは遠慮せずにユージーンに伝えてきた。家事をサボれば文句を言ったし、上司から連絡があれば、断固とした態度で注意した。ユージーンが聞いているのかいないのかわからない態度でも、伝える努力を怠らなかった。そうした対立を緩和していたのが、身体《からだ》の繫《つな》がりだったのかもしれない。抱き合えば、不思議なものでそう憎くは思えなくなる。しかし、その関係がなくなり、ユージーンもミナへの文句を口にするようになっていった。

以前は受け流していたミナの小言に、言い返すようになったのだ。

『ミナは口うるさい』『神経質すぎる』『もっと俺の自由にさせてくれ』

ミナからしたら、共同生活を送るための当たり前の主張が、ユージーンには疎ましく息苦しいもののようだった。

亀裂が入った夫婦関係を決定的に破壊したのはユージーンだった。

『風俗に通っていたの？』

カードの領収書を見せ、ミナは問い詰めた。ふたりが結婚してから二年近くが経《た》っていた。すでにろくに会話もしなくなっていたが、それでもともに暮らし結婚生活は続けていた。

おそらくユージーンは自分の小遣いで風俗に通っていたのだろう。女性が性を売る商売は各地区にわずかだがあり、金銭的に困窮している女性たちが集《つど》って働いている。地区行政府も把握しきれていないアンダーグラウンドな世界だと聞く。

『お金が足りなくなって夫婦の共同口座のお金まで使い込むなんて信じられない』

『使い込んだって二、三回だろ。ぐちぐち言うほどのことかよ』

『病気を持ってる女もいるって言うじゃない。うつされたらどうするのよ』

ミナの険しい表情を、ちらりと見てユージーンは目をそらした。

『おまえとはもう随分してないし、うつることなんてないだろ』

『妻がいるのに、そういうところを利用する倫理観が嫌なのよ！』

『妻ねえ』

ミナの怒声に、ユージーンが吐き捨てるように返した。

『これが夫婦って言うのか？　お互いがやることなすこと全部気に入らない。嫌い合って憎み合ってる。ただ一緒に暮らしているだけ……』

後半は諦めともとれる語調だった。ミナは黙った。まっとうな夫婦の関係でないのはわかっている。ミナはユージーンのだらしなさを嫌悪していたし、ユージーンはミナの敷くルールや小言を不快に思っていた。歩み寄る努力は、お互いしていない。

『離婚しようか』

ミナの言葉にユージーンはためらうことなく頷《うなず》いた。

『それがいいかもな』

これ以上一緒にいても、お互いの存在が負担になるだけだ。それなら自由に生きたほうがいい。

婚姻関係を解消すれば、夫婦にもたらされる恩恵はすべてなくなる。家族住宅はもちろんのこと、税金や将来の保障内容も変わるという。社会的にも離婚は推奨されない。

それでも、このまま嫌いな相手と憎み合いながら暮らすよりはマシだろう。煩雑な離婚の手続きはすべてミナがやった。ユージーンに任せていたら終わらないと思ったからだ。ミナは職場の配置転換も申し出て、出身地のイースト地区の子どもの家に転職した。

そろって住宅から出たのは、ミナの十七歳の誕生日だった。引っ越し荷物を業者に運んでもらい、住宅のエントランスで別れた。

『元気で』

『ああ、そっちも』

気遣う言葉は形だけのもので、ふたりとも互いの顔すら見なかった。

それから四年、ミナはユージーンと一度も連絡を取り合わずにいた。

＊＊＊

「そういう話だろうな、とは思ってた」

ユージーンは半分ほど残ったアイスコーヒーにミルクとシロップをどぼどぼと注ぐ。ストローをマドラー代わりにくるくる混ぜる。

「離婚した単身者は基礎年金支給額が低いんだよな。話には聞いていたけど、去年きた通知で支給額を見て驚いたわ」

「それだけじゃない。夫婦手当もつかないし、エンディングハウスのグレードや入居の順番も変わってくるのよ」

ミナは熱心に言った。統一政府の方針では効率的な妊娠出産と就労継続が奨励されるため、婚姻関係の維持は重要視される。提出書類の多さ、許可が下りるまで時間がかかるなどの点から、離婚自体もしづらくなっているが、離婚するといっそうデメリットを痛感する仕組みになっていた。

「生涯にもらえる金が露骨に変わるもんな。ミナも生活が苦しいのか」

「当たり前でしょ。アパートは自分で借りてるし、政府から支給される家財や日用品だって一切ないんだから」

夫婦ふたりなら当たり前に与えられる権利が単身者にはほとんどない。公営住宅には住めなくなり、家具や日用品も自分の給与からそろえなければならない。医療費負担も増える。基礎年金支給額は大幅に減る。エンディングハウスと呼ばれる終身介護施設への入居条件も厳しい。とにかく夫婦優遇、離婚単身者冷遇の社会制度なのだ。

「政府からしたら、俺たちは人口増加に非協力的な裏切り者だもんなァ」

「だけど、私たちだって生きてるじゃない。私もユージーンももう二十一よ。この先、身体が弱っていく中で、高額な医療費は生活の負担だし、エンディングハウスだってあの年金じゃ最低クラスのところしか入れないわよ」

「最低って言ったって、メシ食わせてもらえて看取《みと》ってもらえればそれだけでいいじゃんか」

ユージーンはそう言うが、ミナは嫌だった。退職やエンディングハウスの入所時期は個人の体調の変化に依《よ》る。どこの企業も退職年齢の規定はなく、業務の継続が厳しくなってきた時点で、人事に相談し退職を決めるのが一般的だ。年金に関しては一律で二十三歳と半年から支給が開始されるが、退職が早かった者などは受け取り期間を早める申請もできる。ただし、ミナとユージーンのような離婚単身者は、その申請すらできない。ただでさえ少ない年金にもかかわらず、だ。

「なんだ、ミナ。どこか体調悪いのか？　それで気が弱くなってるんだろ」

「そういうわけじゃない。でも、何が起こってもおかしくない年齢にはなってきているでしょう。何かある前に、夫婦に戻っておいたほうがいいんじゃないかと思うのよ」

「今更夫婦に戻る？　社会保障のために？」

ユージーンがけだるげに尋ねる。そんな態度をとられたら、こちらのほうが無茶な提案をしているみたいだ。ミナはふたりの老後のことを考えて仕方なく提案しているというのに。

「再婚すれば、基礎年金は満額もらえるし、医療費負担は減る。夫婦手当だってつく」

「子ども手当はつかないぞ。今更作らないだろ」

子どもをひとり産むごとに夫婦には手当がつく。これも生涯賃金に大きくかかわってくるのだ。

「生物学的には死ぬぎりぎりまで女性は子どもを産めるのよ」

「いや、ミナはどうせ俺と子どもは作らないだろ。俺のこと嫌いなんだから」

ユージーンがあっさり言い、ミナは黙った。確かにそういうつもりでの再婚の誘いではない。

「一緒にいるのがきついから離婚したんだぞ、俺たち。そんなふたりが、金と保障のためにもう一度夫婦になってどうするんだよ。どうせうまくいかない」

「私もユージーンもあの頃より大人になったわ。譲り合ってルームメイトとして、残りの人生を……」

「無理だよ」

ユージーンがばっさりと切り捨てる。

「俺は変われないし、ミナも変われない。一緒に住めば、俺の怠惰な生き方にミナは苛々《いらいら》して、ミナの小言に俺は居心地の悪さを感じるんだ。お互いの行動がお互いの許せる範囲を超えてるから、俺たちはうまくいかなかった。歩み寄ることもできなかった」

「ユージーンは一緒に暮らした二年間を、まったく楽しくなかったって言いきれるの？」

「あ、そういう情に訴えるずるい言い方はやめろよな」

言い募るミナをユージーンが制す。

「無理にストレス溜《た》めて一緒にいることないよ。そりゃ、今の生活は俺だってラクじゃないけど、生きていけないわけじゃない。このままでよくないか？」

ユージーンの言葉を聞きながら、ミナは徐々に苛立ちを隠しきれなくなってきた。

そもそも離婚原因を作ったのはユージーンである。それなのに、達観した物言いでこちらを諭そうとは、偉そうにもほどがある。

「私たちは結婚相手を選べない。決められた相手と協力して家族になっていかなければならない。その努力を放棄したのはユージーンじゃないの。こっちは別れた相手のこれからを心配して提案しているのに、どうして聞く耳を持ってくれないのよ」

「離婚については、確かに俺が迷惑をかけた部分はあるかもしれないけど、ミナは自分が一番正しいと思って譲らないのが悪いところだよな。おまえの正論は俺には息苦しいし、心情的に納得したくもない。結婚してるときは、いつもそう思ってた」

「なに、その言い方」

「今回のことだって、どうせ金がないみじめな生活が嫌になっただけだろ？　周りより劣った生活をして、グレードの低いエンディングハウスしか行き場がないのが情けなくて恥ずかしいから、俺を頼ってきただけだろ。恩着せがましいことを言うなよ」

ミナはばんとテーブルをたたいた。まだなみなみ入っているカフェオレが、振動でこぼれる。

「老後が近づいてるのに、切迫感ゼロの子どもみたいな意見ね。あんたのそういう見通しの甘さが嫌だったのよ。先のことなんかなにも考えていない。自分の今の快楽となまけ心優先。どうせ、再婚だって面倒くさいから嫌なんでしょ？」

「俺の性格は否定しないけどさ。面倒ってだけじゃない。俺とミナは絶対にうまくいかない。それに、俺のことを嫌ってる嫁とか、ほしくないし」

「今更好きになってもらおうなんておこがましいんじゃない？」

そこまで言ってミナははたと黙った。言い合いはそれなりに大きなボリュームになっていたようだ。周囲の客がしんと静まり返って、ふたりを見ている。

「ユージーン、場所を変えましょう」

「いや、もう話すこともないよ」

ユージーンは面倒くさそうに嘆息し、残ったアイスコーヒーをずずっとすすった。立ち上がると、ミナを見下ろし言った。

「エンディングハウスに入所するときの保証人にはなるから。また、相談してよ」

「ユージーン」

「そうでなければ、他の離婚単身者と再婚しな。ミナは美人だし、相談所に登録すれば見つかるでしょ」

言うだけ言って、ユージーンはミナを置いて去っていった。

ミナはしばし、ユージーンの消えたドアを睨《にら》んでいたが、視線をテーブルに戻す。こぼれたカフェオレを紙ナプキンで拭き、席を立った。

待ち合わせたセントラル二区から電車でイースト地区に戻る。二時間以上かかる距離だ。休日の夕方、電車に乗る夫婦連れは多い。都心部で買い物や食事を楽しんできたのだろう。夫婦の休日だ。

自分にも当たり前にあったであろう未来は、ユージーンのせいで失われた。それならば、せめて最後のひと時くらい協力してくれてもいいではないか。それなのに、ユージーンときたら四年経っても何も変わっていない。子どもっぽく、怠惰だ。

「また、説得に来よう」

ミナは呟《つぶや》いて、車窓から外を眺めた。大きな夕日が山と山の間に沈んでいくところだった。

ミナの日常は、木造アパートの一室で始まる。夫婦世帯が住む鉄筋の公営住宅ではなく、単身者が自身で借りる賃貸物件である。この家の家賃と光熱費が、給料の大部分を占める。床が傷むからと靴は玄関で脱ぐ決まりで、床に直接座ったり布団を敷いて眠る生活をしている。

ミナは朝起きると布団をたたみ、顔を洗って歯を磨く。化粧はしない。お金の無駄だし、子どもを相手にしているとすぐに汗でくずれてしまうからだ。食パンとインスタントコーヒーで朝食をすませ、シャツとロングスカートという制服に着替えて出勤する。今日は朝八時から夜九時までの勤務だ。長時間勤務だから、休憩が二回とれる。子どもの家の職員でラッキーなのは、勤務中の食費がかからないことだ。子どもたちと同じ給食が職員にもふるまわれる。今日は二食分が浮く。これは大きい。

制服も支給で、汚れやすいので定期的に新しいものがもらえる。被服費が浮いて助かる。古くなったシャツがミナのパジャマになっているからだ。

しかしこのままでは、先のさらなる貧困は目に見えている。夫婦世帯と離婚単身世帯は、格差があるのが実情だ。

予定されている年金額では、かなり高齢にならないと子どもの家を退職できないだろう。エンディングハウスは、入所費、月利用費がかかるのだ。身体の衰弱具合によっては、入所前に医療費が嵩《かさ》む可能性だってある。

一番恐ろしいのは、エンディングハウスに入ることさえできず、アパートで孤独死するケースだ。出勤してこないミナを心配して、このアパートを訪ねた同僚は見るのだ。古びた制服のシャツを着て、何もない部屋の床、粗末な布団で冷たくなっているミナを。想像するだけで、みじめで恥ずかしくてぞっとする。

「おはようございます」

子どもの家に出勤し、職員室で挨拶をした。十名ほどがいて挨拶を返してくれた。ここでは乳児から六歳までの幼児が暮らす。現在の収容人数は五百名弱。総勢五十人の職員がシフト制で働いている。

ミナが担当する乳児たちの過ごす部屋にはずらりとベッドが並び、そこかしこから泣き声が聞こえてくる。十名の職員が赤ん坊たちを相手に朝のルーティンワークをこなしている。ミルクを与え、オムツを替え、服を着替えさせるのだ。

「ミナ、おはよう。ジェシーからお願いできる?」

「おはよう。ええ、了解よ」

指示されたベッドにはジェシーという生後十ヶ月の男児がお座りの姿勢で待っている。おとなしくあまり泣かないジェシーだが、ミナが腕を伸ばすと嬉《うれ》しそうに手を差し伸べてきた。抱っこしてほしいようだ。

「ジェシーおはよう。あらオムツがびっしょり。ミルクを飲む前に替えましょうね。気持ち悪くなかった？　あなたは全然泣かないのね」

ジェシーは愛らしい声で「あーう」と言い、ミナの肩に顔をくっつけてきた。甘えているのだとわかると、ミナの頬は自然と緩んでしまう。あたたかな背中と頭をなで、安心するようにスキンシップをとれば、ジェシーもミナ自身も穏やかな気持ちになる。

ジェシーのオムツを替え、ミルクを飲ませ、着替えさせた。つかまり立ちができるジェシーをベッドに寝かせておくのは危ないので、月齢の近い赤ん坊たちと広々としたベビーサークルの中で遊ばせる。他のスタッフにジェシーを託し、次の赤ん坊のオムツを替える。ユウキという入所したばかりの六ヶ月の赤ん坊はジェシーとは対照的によく泣く子だ。泣き止《や》まないときは手を焼くけれど、ミナにとっては手のかかる子もかからない子も等しく愛《いと》おしい存在である。

自分は子どもを産むことができなかった。その分こうして子どもと触れ合える仕事につけたのは幸福だと思う。毎日、目の回るような忙しさだけれど、あたたかな赤ん坊の温度に癒され、その成長を楽しみにできるのだから。

「ミナ、聞いた？」

ユウキに哺乳瓶でミルクを飲ませていると、横から同僚のエステルが声をかけてきた。ミナとは同い年の職員だ。

「アキコのところ、家を買ったらしいわよ」

「家？」

ミナは聞き返し、エステルの指し示すほうに視線をやる。ベビーサークルの赤ん坊の面倒を見ている同僚のアキコが、他の同僚に話しかけられている。

「家なんて、高いのにね。もったいない」

ミナは当のアキコに聞こえないようにぼそりと言った。

多くの夫婦は結婚からエンディングハウスに入るまでの十年前後を、公営のマンション型家族住宅で過ごす。家賃はかなり安く、家具などは備え付けだ。民営の一戸建て住宅もあるが、家族住宅より家賃が割高で、郊外にあるため都市部には通いづらいことも多い。しかし、賃貸ではなく分譲の戸建てとはかなりの金額になることは間違いない。当然新築などではなく、賃貸物件だった家がなんらかの理由で払下げになったものだろうが。

「ほら、アキコ。一昨年《おととし》旦那に死なれて、去年再婚したじゃない」

エステルが言う。

「再婚相手が行政府の職員で、結構お金持ってるみたいなのよ。戸建てを買うなんて、完全に旦那の見栄《みえ》だろうけど、お金に余裕があるのってうらやましいわよね」

うらやましい。ミナは心の中で答えた。しかし言葉にはしなかった。自分が言っては、重すぎる。所帯持ちのエステルが言う分には軽口で済むが、離婚単身者で本当に困窮しているミナとしてはあまりさもしいことは言いたくなかった。

エステルは離婚単身者の窮状には考えも及ばないようで、のんきに世間話の体で続ける。

「アキコは二十歳だし、最初の旦那が早死にでかわいそうだったから、素直によかったねって言ってやりたいけどねぇ。ちょっと憎たらしくも思っちゃう」

「やめなさいよ、エステル」

「あーあ、うちにもお金があればなぁ。自家用車なんか買っちゃうのに」

車もまた高級品で、一般家庭にはほとんど縁のないものだ。免許は、仕事で業務用車両を運転する者が必要に応じて取ることが多い。よって、ミナは免許を持っていないし、エステルもまた持っていないはずだ。

「家や車より、老後のお金が大事。もしお金があっても、貯《た》めておくわ」

「堅実ねえ、ミナは」

堅実にならないと生きていけない。こっちは独り身なのだから。ミナは思ったが、やっぱり口にはしなかった。


夜九時、ミナは夜勤のメンバーと交代し仕事をあがった。制服姿のまま家路を急ぐ。途中、遅くまで営業している小さなマーケットに寄り、酒の缶を買った。甘いソーダで割ってある蒸留酒だ。アルコールはたまに少しだけ、たしなむ程度に飲んでいた。盛り場に行くような友人も金銭的余裕もないので、いつも市販の缶をひとつかふたつ。それにチーズやクラッカーをあわせるのがミナのささやかな贅沢《ぜいたく》だ。

畳んだ布団を背もたれに、足の錆《さ》びたローテーブルで小さな幸せを楽しむ。酒は美味《おい》しい。一日の労働の疲労が炭酸とともにしゅわしゅわと溶けていくように感じられる。一方でミナの心にはいつも「こんなはずではなかった」という気持ちがある。

結婚生活さえ継続できていれば、日々の生活を切り詰め未来に不安を覚える必要はなかった。他の同世代の人間と同じように、ほどほどの収入と余暇を楽しみ、生活にわびしさを感じることもなかった。

すべてはハズレくじとしかいいようのない夫とマッチングしてしまったせい。せめて、ユージーンがもう少し日々の暮らしに協力的であれば、こんなことにはならなかった。妻を裏切るような行為をしなければ、ミナも我慢ができたのだ。

「ユージーンが悪いんだから、責任を取ってもらわないと」

ミナは天井を仰いで呟いた。ほどよく酔いが回り、ふわふわとしてきた。

「このままじゃ私、もっとみじめになってしまう」

手っ取り早く金を稼ぎたかったら、夜の仕事をすればいい。それこそ性を売る仕事はこの地区にもあり、年齢制限もない。しかし、子どもの家の職員をしながら、副業としてそこで働くわけにはいかない。露見すれば職を失うだろう。

それに、ユージーンが風俗を利用したことが結婚生活の決定的な亀裂になったため、ミナは絶対に性産業にはかかわるまいと決めていた。

安定した生活のためには、もはや再婚以外の選択肢はないのだ。

「あれから四年も経っているんだもの。あの頃よりうまくやれるわよ」

何も愛し愛される夫婦になろうと言っているのではない。最後の数年間を安心して過ごせるパートナーになろうと提案しているだけだ。絶対にユージーンにも悪い話でかないのだ。

やはり、近いうちにもう一度説得しに行こう。みじめな老後を回避するには、今しはないはず。


翌週、ミナは再び電車に乗り、時間をかけてユージーンの住まうセントラル八区へ向かった。八区の駅はミナの暮らす地元の駅より大きいが、駅舎は古く利用者の佇《たたず》まいも違う。労働者が多く歓楽街も近い場所だ。以前暮らしていた五区は郊外の静かな街といった雰囲気があったが、ここは騒がしく建物も密集していてごみごみしている。

ついさっき、電車の中でユージーンにこう連絡をした。

『今、そっちに向かっているから待ち合わせをしましょう』

アポイントは当然なしである。事前に約束を取り付けようとしても、あの男のことだ。面倒くさがって嫌がるに決まっている。それならば、断れない状況まで持っていったほうがいい。

案の定、ユージーンは『なんで来たの？』などとメッセージを送ってくるものの、すでに近くまで来ているミナを追い返しはしなかった。

駅から東方向に歩いて、三つ目の交差点の大きなビル。それがユージーンの指定した場所だった。交差点に到着すると、ビルの横の細い通路を作業着姿のユージーンがカバンを肩にかけやってきた。

「現場がこのビルの裏手なんだよ」

土木関係の仕事をしていると聞いたが、ユージーンの作業着はところどころ汚れていたし、襟は垢《あか》じみていた。現場で汗まみれになって働くのは自分も同じだが、ユージーンの仕事はより過酷そうだ。靴メーカーのファクトリーを辞めなければ、ここまで肉体を酷使して働かなくてもよかっただろうに。

そう思いながらも、ミナは口にはせずに笑顔を作った。

「この前のこと、もう少し話したくて来たのよ」

「またその件か……。そっちの路地に入るとメシ屋がいくつかあるから、とりあえずどこかに入るか？」

「ミールセットを買ってきたから、食べましょう。ユージーンの家で」

ユージーンが頭を掻《か》き、仕方ないというように頷いた。

ユージーンの住んでいる部屋は、ミナの部屋よりさらにおんぼろな木造アパートだった。見るからに壁が薄そうで、嵐がきたら倒壊するかもしれない古さだ。二階の奥から二つ目の部屋に、自宅と同じく靴を脱いであがった。小さなキッチンとシャワールームがあるだけの簡素な作りだった。ベランダがついているのはいいが、錆びの浮いた手すりは下手したら触れただけで崩れそうだった。

「思ったより綺麗《きれい》にしてるのね」

室内はさほどちらかっていなかった。ゴミは定期的に捨てているようだし、床に物が散乱しているということもない。洗濯はまとめてしているようで、乾燥まで終えた服が無造作に椅子に積みあがっているが、汚れ物は見当たらない。

「他にやる人間がいないなら、最低限はやるんだよ」

つまり、ユージーンには交際したり世話を焼いてくれる女はいないのかもしれない。

「意外。こんなの育ててるんだ」

ベランダに鉢が四つ並んでいる。種類の違う多肉植物だ。

「同僚の嫁さんが増やしたらしくて、少しもらった。あんまり手がかからないから、まあそこに置いてるだけ」

ミナからすれば、もらいものでもユージーンが何かを育む甲斐性《かいしょう》があるのに驚いた。日々、流されるままに生きていた、あのだらしないユージーンが。

「先、食べてて。俺、埃《ほこり》っぽいからシャワー浴びてくる」

「待ってるわよ」

「いいから」

ユージーンはそう言って、シャワールームに消えていった。ミナは所在なく床に座った。持っていたウェットティッシュでテーブルを拭き、ミールセットを並べる。

シャワーを浴びるということは、ユージーンも意識しているのだろうか。

部屋に押し掛けたのは作戦である。元夫婦だ。身体の繋がりを持ってしまえば、情も湧いてくるに違いない。ユージーンと肉体的な接触を持つのに抵抗がないわけではなかった。独り身を謳歌《おうか》しているだろうユージーンは風俗を利用しているだろうし、自分たちの離婚原因もそれだった。不潔だと考えてしまう自分がいる。

それでも一度くらいは我慢しよう。再婚するために必要なら。

間もなくシャワールームからユージーンが出てくる。髪を拭き、Tシャツにジャージというパジャマ同然の姿で。

「私も、食後に借りようかな、シャワー」

思い切って言うミナに、すげない返事がくる。

「一応、言っておくけど、ミナとは寝ないよ」

「は？」

「ミナは再婚したいんだろ。家に来たいっていうのは、身体で落としにきてるんだなって解釈したんだけど」

「はあ？　自意識過剰なんじゃない？　この街が埃っぽいから私もシャワーを浴びたいなって思っただけよ！」

プライドが邪魔をした。怒鳴ってすぐに口をつぐみ、うつむいた。これで色仕掛けは一切使えなくなってしまった。

ユージーンはミナの向かいに座り、「いただきます」と先にミールセットを開けてしまう。ミナも慌ててフォークを手にした。

「ミナさ、他のヤツと再婚は考えなかったの？」

「知らないの？　再婚しやすいのは二十歳までよ」

「いや、だから去年までに婚活はしなかったのかよ」

「何人か会ったけど合わなかった」

貧困を身に染みて感じてきたミナである。当然、昨年は婚活を頑張った。相手をマッチングされるのは妊娠出産の機会を多く望める成人初年度のみ。それ以降の結婚希望者は仲介所に登録し、相手を紹介されることが多い。ミナも積極的にお見合いに励んだ。しかし、残りの人生を一緒に歩めそうな相手には出会えなかった。

「死別単身者が多かったし、離婚単身者とは切迫感も違うわよね。年金支給額も医療費負担額も違うんだから」

　死別は避けられないが、離婚は本人たちの意思、そして過失と見なされる社会である。同じ単身者でも待遇面には差が出てくる。

「同じ離婚単身者はいなかったのかよ」

「なんか、感じの悪い人が多くて嫌になっちゃった。ああ、こういう人だから結婚生活がうまくいかなかったんだなあってわかるのよね」

　ユージーンが口に物が入ったまま豪快に笑った。

「ミナ、すげえ自分のこと棚に上げてるなー。相手の男にも、同じように見られてるって考えないの？」

「なんなの、その言い方。むかつく」

　言い返しながら、痛いところを突かれている自覚もあった。そうして高いところから相手の足元ばかり見ていて、お見合いに失敗したのだ。

「それでミナは、婚活市場からあぶれて、仕方なく元夫を頼ってきたのか」

「本当に腹の立つ言い方しかしないわね。元はといえば、ユージーンが結婚生活を破《は》綻《たん》させたんじゃない」

「俺に理由があるのは確かだけど、自分は貧乏くじを引いた被害者だってミナが思っているうちは、人生うまくいかないんじゃねーの？」

「上から目線で偉そうに！」

「上から目線に感じるのは、ミナが自分の意見に自信がないからだって」

人目を気にしないで済むため、声がどんどん大きくなる。ミナが苛立っても、ユージーンは暖簾《のれん》に腕押しの様子。それがまた腹立たしい。

その時、壁がどごんと音を立て震えた。

「あ、うるさいってさ。お隣からの苦情だわ」

ユージーンがけろっと言う。どうやら左隣の住人が壁を殴るか蹴るかしたようだ。

やはり壁は相当薄いらしい。

ミナは渋々トーンを落とすも、ユージーンを見つめる視線だけは鋭くする。

「どこまでも再婚する気はないっていうのね」

「うん。俺はミナのこと好きだったから」

ユージーンの思わぬ言葉にミナは一瞬言葉を失った。え、と口の中で呟きかけたが、ユージーンが先を続けた。

「結婚生活はいい思い出としてとっておきたい。また一緒になったら、最後まで憎み合ってつらい思いをするよ。人生の最後にそれは嫌でしょ」

「あの結婚生活をいい思い出だと思っている時点で、意思疎通がまったくできていないのよ……」

ミナは額を押さえ嘆息し、ヤケになったように食べかけのミールセットをばくばくと口に運んだ。

しかし、一方でユージーンの「好きだった」という言葉が耳の奥に残っていた。じわっと胸があたたかくなる。赤ん坊たちと触れ合っているときに感じる優しい情に似た感覚だ。

あの頃、ユージーンは自分を好きでいてくれたのか。

「お菓子」

ふと気がつくと、そう呟いていた。なに？　とユージーンが顔を覗《のぞ》き込んできた。

「たまにお菓子をずらっと並べてパーティーしたね」

「あ〜、したなあ」

結婚していた頃、時折ふたりでたくさんのお菓子を買ってテーブルいっぱいに広げて食べた。寮生活中は手持ちのお金が少なく買い食いはたまにしかできない。社会人は食べたいものをなんでも食べられるのだ。休日にふたりでマーケットに行き、好きなものをかごいっぱいに買った。大人になった実感と開放感。そして、ふたりで胸やけするまでお菓子を食べるのは、とても楽しかった。

「ちょっと思い出したの。それだけ」

「これからする？」

ユージーンの言葉に、ミナは顔をあげた。

「お菓子パーティー？」

「そう。これからふたりで買い出しに行って。酒も買う？」

「……うん」

屈託なく尋ねてくるユージーンに、思わず頷いてしまっていた。自分から口にした言葉がこんなことになるとは。しかし、どのみち泊まってもいいように明日は休みにしてある。

「じゃあ、食べたら買いに行こう。少し先にマーケットがある」

ユージーンがミールセットの器を持ち上げ、残りを口に掻き込んだ。

夕食をしっかり完食したあと、連れだって近所のマーケットに出かけた。ふたりでお金を出し合うのだから、好きなものを好きなだけ買おう。そう決めて、ほしい商品を選ぶ。

一緒に暮らしていた頃はアルコールなど飲みたくもならなかったけれど、今はそろって酒の缶をかごに入れた。菓子もつまみになりそうなものばかりだ。

ユージーンの部屋に戻って、計画通りテーブルをお菓子で埋め尽くす。塩味のビスケット、ナッツ、チョコレート、サラミ。それから缶を開けて乾杯した。

「夕飯食べたのにね」

「酒とお菓子は別腹だろ」

「確かに。あ、まだそのチョコプレッツェル好きなんだ」

ユージーンが好きだった長細いチョコプレッツェル。ミナも手に取り、口に運んだ。久しぶりに食べたけれど、あの頃と同じ味がする。

「美味しい」

「去年出た限定品が旨《うま》かったんだよ。この三倍くらい太くてさ」

「もうそれ、違うお菓子じゃない」

ふたりで笑い合えば、その感覚が懐かしい。自分とユージーンは、一生のうちでとても大事な時期をともに過ごした。夫婦として、友達として、家族として。

そして、すでに同じ場所にはいないのだ。

四年の月日はきっちりと流れていて、ミナとユージーンがお菓子を食べてパーティーをした時間はもう彼方《かなた》にしかない。こうして同じようになぞってみて、その輪郭の差をまざまざと感じている。

ミナはユージーンの瞳を覗き込んだ。

「仕事、楽しい？」

「あー、俺みたいなのがいっぱいいるから、親方は大変だろうけどな。俺は楽しいよ。仲間もたくさんいて。ミナは？」

「毎日毎日、赤ん坊たちに囲まれて、癒されてるんだか寿命を吸い取られてるんだかわからないわ。でも……楽しいわよ」

「ミナは面倒見るのが得意だからな。俺の面倒もずっと見てたし」

「好き好んで見てないわよ、あんたの面倒なんて！」

ふたりで酒を飲み、食べたいだけお菓子を食べ、ミナは毛布を借りて床に丸くなった。向かいではユージーンが床に手足を投げ出して寝ている。そのお腹《なか》に布団はかけておいた。

翌朝は身体が痛くて目が覚めた。床で寝てしまったせいだ。むっくり身体を起こすと、そのタイミングでユージーンの目覚ましのアラームが鳴り響いた。

「ちょっとユージーン、起きなさいよ」

ミナは足でぞんざいに元夫のふとももを蹴る。ふがっと間抜けに息を吐いて、ユージーンが目覚めた。アラームを止めて身体を起こし、ばりばりと頭を掻いている。

「俺、仕事だわ」

「私は帰る」

「駅まで送るよ」

ミナは頷き、昨晩そのままにしたテーブルの上を片付けだした。

朝の仕度はあっという間に終わった。昨日、ミナは一応メイクをしてきたが、とっくに顔を洗って素顔に戻っていた。あとは髪をとかすだけで終わり。ユージーンも髭《ひげ》を剃《そ》って着替えたら出かけられると言う。

ふたりで部屋を出ると、ちょうど隣の部屋のドアが開いた。昨晩怒って壁をたたいてきた左側ではなく、右隣の部屋である。

「ユージーンおはよう」

「ミンゼァ、おはよう」

ユージーンが挨拶をした隣人は屈強そうな筋骨隆々とした男だ。ユージーンとは違う作業着を着て、こちらも今から出勤といった様子。

「お、ゆうべは楽しそうな声が聞こえたと思ったら、恋人が来ていたのか。紹介してくれよ」

ミンゼァが言い、ミナはどうしたものかと困惑した。恋人ではないのだ。

「いや、恋人じゃなくて元嫁のミナ」

「そうだったのかあ」

ユージーンがさらりと言い、ミンゼァも嫌味なく答える。

「うちは、離婚してから全然会ってねえなあ。良好な関係でうらやましいよ」

ペコリと会釈するミナに頭を下げ、ミンゼァは出かけていった。ユージーンが言う。

「隣の部屋の友達。あいつも離婚単身者」

「助け合える仲間が隣にいていいね」

「助け合えねえよ。ふたりとも金ないんだから」

ユージーンは楽しそうに笑っていた。

朝の心地いい空気もこの八区はどこか埃っぽい。街をせわしなく行き交う人々を横目に駅まで歩き、駅舎の前でワゴン売りのコーヒーを飲んだ。

「元気でな、ミナ」

ユージーンがこちらを見ずに言った。

「エンディングハウスに入るとき、保証人に困ったら言えよ。俺が署名するから」

「ユージーンのほうが先に入ってる可能性もあるんじゃない？」

「確かに。これぱっかりはわからないもんな」

コーヒーは熱く、なかなか冷めない。ふうふうと息を吹きかけていると、春の生ぬるい風が急に吹き付けふたりは目を細めた。

「ミナ」

「なに」

「俺たち、夫婦としては失敗しちゃったけどさ」

ユージーンの口調は笑みを含んでいた。ミナはその横顔を見上げる。背の高かった夫はあの頃より少しだけ背筋を伸ばし、朝の喧騒《けんそう》を眺めている。

「たぶん俺が最期の瞬間に思い出すのはミナだと思う」

「あんたの人生ってつまんないわね、ユージーン」

ミナは笑った。しかし、自分もまたそうだろうと感じていた。死の間際、思い出すのはユージーンとの日々。一緒にお菓子パーティーをして、喧嘩《けんか》をした……そんな日々。

「家族だったんだわ、私たち。ほんのいっときだったけど」

「なあ」

くたびれた街に注ぐ朝陽《あさひ》を見るでもなく見つめ、ふたりは残りのコーヒーを飲みほした。

ハッピーエンド

　約八年暮らした部屋はそれなりに物が増えたな、とエリカは思う。衣類に便利家電、掃除グッズにインテリア。セントラル二区のこの住宅に入居したときは、備え付けの家具と自分と夫のカバンひとつずつしか荷物がなかったというのに。

　支給品の食器は新居でも使えるという。欠けたものはこの機会に処分し、使えるものは緩衝材にくるみ、段ボール箱にしまっていく。

「エリカ……これ」

　隣の部屋から電動車椅子に乗ったテオが姿を現した。エリカの夫で同じく二十二歳のテオ。彼はここ二ヶ月で車椅子生活になっていた。

　テオが手にしているのは、タオルの束だ。

「しまい忘れてる」

「あら、本当だ。ありがとう、テオ。タオル類の段ボール、まだ封をしていなくてよかったぁ」

エリカはタオルを受け取り、早速段ボールのひとつにしまった。本当は今日使う分としてしまわずにおいたものなのだけれど、テオが気遣って持ってきてくれたので言わないでおく。

「テオ、のんびりしていてね。今日一日で荷造り終わるから」

「エリカ、おれ……」

「ここ片付けたら、お茶にしようか。クッキーが残っていたんだわ。明日の引っ越し前に食べちゃわなきゃ」

テオは何か言いたげに口をもぐもぐと動かした。最近呂律《ろれつ》が回らないことも多いテオは、長い言葉を発するのをあきらめたようだ。代わりにひと言、くぐもった声が聞こえた。

「ごめん、エリカ」

「謝らないで」

エリカは笑顔を返し、梱包《こんぽう》作業に戻った。

明日、エリカとテオは家族住宅を出る。セントラル十五区の海辺のエンディングハウスに入居するために。

エリカとテオは十五歳になる年に夫婦となった。もちろん統一政府のマッチングだ。テオはセントラル一区にある通信会社の社員。成人に配布される携帯電話やタブレット端末の製造と通信サービスを一手に担う会社である。エリカは一区の中枢、行政府の食堂が就労先となった。

ふたりはセントラル二区の家族住宅に住み、結婚生活を送った。仕事熱心で明るいテオと、お喋《しゃべ》り好きで世話焼きのエリカ。ふたりはすぐに気が合って、仲のいい夫婦となった。

子どもは五人も授かった。長男のエーリヒ、次男のクラウスと三男のクリストフは双子。その後に長女のエマが生まれ、次女のエミを子どもの家に預けたのはまだ昨年の話だ。子どもを多く授かったことは、夫婦の誇りだった。人口増加に貢献したと社会的にも称賛される。実際、エリカは職場で同僚たちに何度も立派だと褒められたし、それはテオも同じ様子だった。子どもを産むごとにもらえる手当金が、夫婦の生活を潤したのも事実だった。

テオの体調に変化があったのは今年に入って間もなくのこと。最初は手足のしびれ、それから強い倦怠感《けんたいかん》が現れた。受診し、それが老化の始まりであると知った。

人類の寿命は二十五歳前後だが、何歳まで生きるかは当然個人差が大きい。テオの老化の始まりは早いほうだと言えるだろう。老化の進度も人それぞれだそうで、急死といえるほどあっという間に亡くなる者もいれば、徐々に身体《からだ》の自由が利かなくなっていく者もいると医師は説明した。テオは現時点では後者なのだろう。

日々削られるようになくなっていく体力と気力。初夏、テオは長く勤めた通信会社を退職した。そうせざるを得なかった。この頃のテオは足腰が弱り、一日職場にいる体力もなくなっていた。

そしてふたりはエンディングハウスへの入居を申請したのだった。

「私たちは生産性が高かったから、人気のエンディングハウスに優先的に入居できる。これは幸せなことだわ。ね、テオ」

作業をひと休みし紅茶を淹《い》れ、缶入りのクッキーを皿にも出さずそのままテーブルに置く。皿はさっき梱包してしまった。

「ああ」

テオが短く返事をした。ティーカップや箸はまだ持てる。上半身も起こしていられる。しかし電動でないと車椅子は動かせなくなったし、トイレへの移動も手伝いがいる。

退職して一週間でこの状況。やはりエンディングハウスへの入居を急いでよかった。本格的に介助が必要になったとき、エリカひとりではままならなかっただろう。

「きみの、職場、遠くなるね」

テオが言い、エリカは首を左右に振った。

「今までが近すぎたのよ。今度住む十五区からだってモノレールと電車で通えるわ。むしろ、十五区は景観がいいから暮らすのが楽しみ」

エンディングハウスは夫婦一緒に入居するケースが多く、今回エリカもテオと一緒に引っ越す。しかし食堂の仕事は続ける予定だ。エリカは体力的になんの問題もないので、通勤に不安は感じていなかった。仕事中、ハウスのスタッフがテオをみてくれるのも安心だ。

「ごめん、な。おれのせいで」

「だから謝らないでってば。私はわくわくしてるよ。新しい土地で暮らすんだもの」

仕事熱心だったテオにとって、想像より早い退職はさぞ無念だろう。そんな中、さらにエリカに対してまで引け目を感じてほしくない。

「ほら、見て。懐かしいものが出てきた」

エリカは近くの段ボールから菓子箱を持ってくる。中身はクッキーではない。蓋を開けると、子どもたちの思い出の品が入っている。多くは写真だ。小箱に入れたへその緒は全員分取ってあるし、長男のエーリヒは記念に足形も取った。

「この足形を取ったとき、エーリヒは大泣きだったわね」

「ああ。そうだった」

「あんまり泣いたから、クラウスとクリストフの時はしなかったんだっけ。双子だったから、忙しくてそれどころじゃなかったのかも」

長男とその下の双子は年子だった。それから二年空いて長女、年子で次女。

「エマを最初に抱いたとき、柔らかくて頼りなくて驚いちゃった。女の子って男の子と生まれたときから骨格が違うのねえ。あ、でもエミはがっしりしてたかもしれないわ。ふたりとも予定日より少し早くお腹《なか》から出てきたのにね」

エリカの話にテオは首を動かし、一生懸命相槌《あいづち》を打ってくれる。以前は同じくらいよく喋ったテオ。しかし、言葉が出づらくなってからは、エリカのひとり言のような会話が増えた。それも仕方のないことだと思う。

「この前の通知、覚えてる？　エーリヒの知能テストの結果。エーリヒ、六歳でもうかなり高い数値だったわね。もしかしたら、将来は行政府の職員かしら」

教師や銀行員、行政府の職員などは学校の成績上位者のほんの一握りの生徒しかつけない職業だ。長命種に交じって同等に働き、一般の業種より給与も高い。

「私とテオの子どもが行政府の職員になったら、こんなに名誉なことはないわね」

「きみに、似たんだ」

「違うわ、テオに似たの」

エンディングハウスに引っ越しても子どもたちのテストの結果や健康状態を知らせる生育通知は届く。写真がもらえるわけではないが、五人分の通知はこれからもエリカとテオの日々の楽しみになるだろう。

「さあ、お茶を飲んだらあと一息で荷造りは終わり。夕食は外で食べましょう。二区での夜も最後だもの」

景気づけに美味《おい》しいものを食べよう。そうしたら、テオの遠慮がちな笑顔にも生気が戻るのではないだろうか。

すると、エリカの携帯電話が鳴り始めた。職場の食堂からだ。

「はい。ええ、大丈夫」

同僚からの電話は食材の発注内容にミスがあり、明日のメニューを変更しなければならないという内容だ。担当はエリカのチームなので、チーフのエリカに判断を求めてきたのである。

『エリカは引っ越しの準備で休暇中なのに、ごめんなさいね』

「少し余裕があるから、そっちに顔を出すわ。待ってて」

エリカは通話を終え、テオに告げる。

「ごめんね、ちょっと出てくる。荷造りはあとちょっとで終わるし、夕食までには戻るね」

「たいへん、だね」

「チーフだから、一応」

エリカは微笑《ほほえ》んで立ち上がった。

ミドルスクールの学生時代、エリカの夢は学校の教師になることだった。

イースト地区の同学年ではトップクラスの成績だったが、就労先は行政府の食堂。がっかりしたのを今でも覚えている。

おそらくはマッチング相手のテオに合わせての就労だったのだろう。テオもまた成績優秀で、通信サービスを担う国の中核企業に入ったのだから、そろって忙しい仕事をしていては子どもを作りづらい。つまりは妊娠出産を奨励するための就労先だろうと、エリカはひそかに思っていた。

しかし、事実は確認しようもないし、したいとも思わなかった。テオにも言わなかった。食堂で大勢のために食事を作る仕事はやりがいがあり、妊娠出産で抜けても復帰しやすい職場だった。そして、真面目《まじめ》に勤めたエリカは今年からチーフのひとりに任命された。食材発注や従業員の勤怠などの管理業務にも携わっている。

食堂は行政府の庁舎の地下にあり、通用口からIDカードをかざし中に入る。朝から夜まで開いている食堂なので、昼時をだいぶ過ぎても多くのスタッフがキッチンで働いていた。奥のパントリー前でスタッフが何人か話し合っている。電話をくれた同僚もいる。

「遅れてごめんなさい。明日、全然回らない感じ?」

「パンの数が圧倒的に足りないのよ。ライスだって、配給量に限界があるから」

「あとは、メインの肉も発注と違ってさ。文句言っても、今はそれしかないからどうにかこれで対応してくれって。ひどいもんだよ」

口々に訴えてくる同僚たちをまあまあと制し、エリカは言う。

「メニューを絞って対応しましょう。明日までにどうしてもそろえたいものを優先順位をつけて調達にかかるよ。割高だけど他にも使える業者はあるし」

「他のチームはなんというかしら」

「チーフたちには私が連絡する。発注担当はうちのチームだったからね。食堂長にも私が話すよ」

明日は引っ越し当日なのでエリカは出勤できない。今日対応できることはやりきり、指示できることはしておかなければならないだろう。夕食までには帰りたいが、少し時間がかかりそうだ。

「みんなよろしくね。頑張って乗り切ろう」

同僚たちを鼓舞し、エリカは早速仕事に取り掛かった。

仕事の手配と引継ぎを終え帰路につくとすでに日は暮れかけていた。テオは待ちくたびれていないだろうか。

夕食の店も決めていない。テオを連れて車椅子で入店しやすい店となるとどこがいいだろう。ほんのひと月前まではふたりで歩いて買い物もできたし、外食する店もなんの気兼ねもなしに決められた。しかし、今はあらかじめ入店できそうな飲食店を探すところから始め、一応だが嚥下《えんか》できる食事かも考えなければならない。テオにできることがどんどん少なくなっていくのを実感し、仕方ないと思いながらもその老化のスピードにぞっとする。

「だからエンディングハウスに入るんじゃない」

エリカは自分に言い聞かせるように呟《つぶや》いた。エンディングハウスは個人の状態にそって必要な介助が受けられる。入浴や食事、着替えやトイレも手伝ってもらえる。入所先はスタッフが親切で食事も美味しいと評判だ。エリカが連れ出せば、近隣の海辺のレストランやカフェで食事もできると聞く。

ここまで待遇がいい施設に入所できたのは、テオが国の中核企業で働いていたため、そしてエリカが子どもを五人も出産したため。すべて、テオとエリカのこの八年間の賜物《たまもの》なのだ。安寧な老後を享受すればいい。

「ただいまぁ。テオ、遅くなってごめんね」

鍵を開け、室内に入ると、リビングのドアの向こうに車椅子のタイヤが見えた。横倒しにひっくり返っている。

「テオ‼」

エリカは仰天して叫び、リビングに駆け込んだ。フローリングの床には転んだ格好でもがいているテオの姿。慌てて助け起こした。

「テオ、転んだの？　どこかぶつけた？　痛くない？」

「だい、じょうぶ」

「やだ、いつ？　ずっとこの姿勢だったの？」

「いまさっき。いたく、ない。へいき」

車椅子を起こし、テオを座らせようとするが、男性の身体をひとりで持ち上げるのは大変だ。普段なら自分で多少は動けるテオだが、今は動作が緩慢で顔をしかめているので、やはり転んだ拍子にどこかぶつけたのだろう。本人は頑《かたく》なに言わないが。

「これ、返そう、と……思って」

床には子どもたちの思い出が詰まった菓子箱が落ちていた。お茶を飲んだときに眺めて、エリカが引っ越し荷物にしまったはずだった。

「また見たくなって、引っ張り出してきたのね」

こくりとテオが頷《うなず》く。思い出をなぞりたくて持ち出した箱を、しまい直そうとして転倒したようだった。床に段ボールが多く、それが障害物になってしまったのだろう。

「ごめん、エリカ」

「謝らないで。子どもたちの写真、見たかっただけでしょう。いいじゃない」

「ごめん」

テオは静かに言い、床に座り込んだ状態でうつむいた。助け起こし車椅子に座らせようと四苦八苦していたエリカは動きを止める。

「お願いテオ、謝らないで」

「いや……おれが、はやくしぬせいで。……ごめん」

テオの言葉の後ろにはこうつくのだろう。『きみをひとりにして』と。

エリカは唇をぎゅっと噛《か》み締め、それから強い口調で言い返していた。

「謝らないでって言ってるでしょう！」

言葉にできない想《おも》いはエリカにもあった。謝らないで。思い出させないで。ひとりになるというどうしようもない事実を。

テオが逝ってしまえば、エリカはひとりぼっちだ。

もう少し長く一緒にいられると思っていた。ふたりで働いて、遠くで暮らす子どもたちの成長を楽しみに、充実した生活を送れるものと思っていた。それなのに、テオは思いのほか早く旅立とうとしている。

ふたりとも口には出さないが、医師からテオの余命について告知を受けている。

テオはあと半年ももたないそうだ。

エリカはひとりになる。

「逆の立場だってあり得たじゃない。謝ってほしくない。テオには笑っていてほしいの」

エリカは絞り出すように言う。涙をこらえて声は震え、かすれてしまっていた。

「私たち夫婦はここまで頑張ってきた。優秀な子どもを五人も送り出して、社会に貢献した。この先は、ふたりで楽しくのんびり暮らそう。謝ってばかりじゃ楽しくないよ」

その時間があとどれだけ続くかはわからず、衰えていく夫を見守る日々だったとしても。

「私がそばにいるから」

エリカは夫の頭を掻《か》き抱くようにし、髪に顔を埋《うず》めた。テオは泣いているようで、その顔を見ないほうがいいだろうと思った。


長男のエーリヒは産声から大きな子だった。よく泣きよく笑い、子育てが初めての十五歳の夫婦には毎日が驚きの連続だった。生後一ヶ月の記念に足形を取り、三人で写真を撮った。写真をポストカードにしたものは今でも思い出として取ってある。

クラウスとクリストフは双子。帝王切開で出産した。よく似ていたけれど、エリカとテオはそれぞれを間違えたことがない。きっと、今五歳になった彼らと会っても、エリカは間違えずにどちらがクラウスでどちらがクリストフか言い当てられるだろう。

双子の世話は目が回るほど忙しく、エーリヒのときよりさらに大変だった思い出がある。

エマは初めての女児だった。か細い泣き声の弱々しい子どもで、母乳を吸う力も弱かった。授乳を工夫しミルクを足して与え、むずかって泣くのをいつまでもあやした。苦労の甲斐《かい》あって子どもの家に預ける頃には同月齢の子どもと同じくらいの身体つきになった。エリカは自分の育児に自信を持ち、応えてくれたエマを愛《いと》おしく思った。

末っ子のエミは身体が大きく、エマとは対照的に母乳をよく飲みよく眠る子だった。エミを見ているとエーリヒの育児をよく思い出したものだ。発達が早く、あっという間に寝返りを覚えてしまったので、なかなか目が離せない子ではあった。子どもの家に預けるとき、一番泣いたのはエミだった。

みんな可愛《かわい》い赤ん坊だった。エリカが産んだテオとの子どもたち。

彼らは父親の死を通知で知るだろう。しかし、そのことに対し大きな感慨は覚えないに違いない。なぜならエリカもまたそうだったからだ。思い出は親のほうにしか残らない。テオが死ねば、子どもたちの愛しい時間を知るのはエリカただひとりになる。

わかっていたのに、どうして心が日に日に苦しくなっていくのだろう。

「綺麗《きれい》」

エリカはモノレールの車窓から見える景色に感嘆の声を漏らした。初めて見る海だ。十五区に向かうには電車を、そこからふたりが入所するエンディングハウスまではモノレールを使う。

引っ越し荷物は業者に運んでもらっている。エリカは電動車椅子に乗ったテオとふたり、新居へ向かっていた。

「テオは海を見たことがある？　私、初めてだわ」

「いちどだけ。仕事で、うみの、ほうへ……いった」

「ほら、波が打ち寄せてる。あんなふうに白いのね。砂浜が光ってるわ。部屋からも海が見えるって聞いているし、毎日この景色を見られるなんて幸せ。砂浜は車椅子では行けないけど、海岸線にそって散歩コースがあるみたいよ。一緒に散歩しようね、テオ」

「ああ」

テオが静かに頷く。エリカはことさらはしゃいで初めて見る海について喋り続けた。

エンディングハウスに到着すると、スタッフたちが総出で迎えてくれた。挨拶をし、テオと一緒にまずは居室に案内してもらった。ふたりが暮らす部屋は、大きな窓から海岸が一望できる素晴らしい眺めだった。室内は広く清潔。建物自体も新しい。

テオの介助については今後スタッフと話し合って決めるが、もしどちらかが急に体調を崩した際はボタンひとつでスタッフが駆けつけてくれる。医師の診察も定期的に受けられるし、専門の医療スタッフも常駐している。

今までセントラル地区の中心地で、郊外に住む人たちよりは利便性が高い生活をしてきた。金銭的にも苦労はしてこなかった。しかしこれほど素敵な施設を前にすると、もっと早く入ってもよかったのではとまで思ってしまう。それほど、ふたりの暮らすエンディングハウスは理想的な環境だった。

スタッフが施設内を案内してくれるというので、テオと一緒に回った。軽い運動ができる部屋や、趣味のための部屋。大きな図書室もついていて、紙の書籍がずらりと並んでいる。成人してからは携帯電話やタブレット端末でしか読書をする習慣がなかったので、この蔵書にはわくわくした。テオは読書が好きだ。きっと喜ぶだろう。そう思って横を見ると、テオは車椅子の背にもたれ、なかば首を傾けている。目も少しどんよりしていた。

「テオ、疲れたかな」

「すこし」

小さな声が返ってきた。スタッフに案内を早々に切り上げてもらい、エリカはテオと居室に戻った。今日からここがふたりの住まいだ。キッチンもついているので、テオが食べられる限りはここで食事を作ろうとエリカは思っている。エリカが仕事で留守のときの見守りや食事はスタッフに頼む予定だ。

「今日は、食事を用意してもらってるの。私が作るのは明日からにさせてね」

「エリカ」

「急ぐ荷ほどき以外は明日にしちゃおう。ねえ、テオ、休憩したら外に散歩に出ようか」

「きょうは、もう、眠ってもいいかい」

エリカはうんうんと頷き、寝室のドアを開けた。しばらく家に引きこもりの生活をしていたテオは移動だけで体力を削られたのだろう。

「私、荷物整理してるよ。うるさかったらごめん。なるべく静かにするね」

「きにしないで」

テオは自身の力でどうにかベッドに横になったものの、寝返りをうって体勢を整えるのも苦しく気怠《けだる》そうだった。どうにか仰向《あおむ》けの姿勢になり深く息を吐いたテオに布団をかける。すぐに寝息が聞こえてきた。テオの身体は思いのほか衰弱が進んでいるように思えた。その事実を突きつけられるたび、背中がすうすうするような恐怖を感じる。

「テオ」

エリカは隣のベッドに腰掛け、夫の寝顔を見つめた。

テオの老衰の診断を受け、仕事を退職しようとも考えた。最期の瞬間を寄り添って過ごすために。しかし、テオはそれを喜ばないだろう。仕事に誇りとやりがいを持っていた人だ。エリカが自分のためにチーフにまで抜擢《ばってき》された職を辞めたら、悲しく思うのが想像できた。

そしてテオがいなくなった後も、エリカの人生は続くのだ。あと何年残っているかわからないが、長命種ではなくとも三十歳近くまで生きる人もいる。

エリカはエンディングハウスに入居しても、日常を保とうと決めた。

しかし、こうして目の前で徐々に衰えていく夫を見ると、自分の選択が正解だったのかわからなくなる。今からでも仕事を辞め、片時も離れずに過ごすべきだろうか。

「そうだ」

エリカは立ち上がり、荷物の段ボールから子どもたちの思い出が入った菓子箱を持ってきた。枕元に置いておこう。テオが目覚めたらすぐに見られるように。これからはテオの手が届くところに出しておこう。

この日、テオはそのまま眠り続け、翌日エリカが仕事に行く頃にようやく身体を起こしたのだった。

エリカが十五区から職場に通う日々が始まった。朝、テオの食事を作り一緒に食べる。スタッフに見守りを頼み、出勤。行政府の食堂で、チーフとして忙しく働く。休憩時にはエンディングハウスにいるテオに携帯電話でメッセージを送った。お昼はなにを食べたか、どう過ごしているか。そんなメッセージだ。返信が来ることもあれば、来ない日もあった。

十五区に戻ると乗り換え前にマーケットで買い物をして、モノレールに乗る。大きなマーケットはエンディングハウス近くにはないのだ。帰ると、だいたい部屋にいるテオに一日の話をしながら夕食を作り、ともに食べる。

夕食後はふたりで施設内や海岸線の道を散歩した。電動車椅子と徒歩で。なるべく同じ景色が見たくて、エリカは度々テオの横に屈《かが》みこみ目線を合わせて夜の海を眺めた。休みの日も、近くをあちこち歩いて回った。

エンディングハウスに入所し、半月が経《た》った。

エリカが通勤や新しい生活に慣れるのと比例して、テオの身体はいっそう衰えていくように感じられた。入浴はもうひとりではできない。トイレも失敗することが増えたとスタッフが報告してくれた。倦怠感もひどいようで、日中趣味の部屋などで過ごしていても、車椅子の上で眠ってしまうことがあるそうだ。

この日も、仕事帰りにマーケットで買い物をしているときに、スタッフから連絡がきた。テオが図書室で眠ってしまったらしい。今は居室のベッドで就寝しているとのこと。こうなると、夜中に起きるか、朝まで眠っているか。どの道、夕飯は作っても食べないだろう。食もかなり細くなってきている。

エリカは買い物をやめ、落胆したようなさみしいような、そんな気持ちで帰路についた。

「テオ、ただいま」

眠っているだろうと思いつつ、一応部屋に入るときに声をかけた。荷物を置き、寝室へ。

テオはやはり眠っていた。痩せた頬にはまばらな短い髭《ひげ》。閉じられた目は落ちくぼみ、テオの優しげな顔立ちを暗い面相に変えていた。

なんとも言えない痛みがエリカの胸を襲う。どんどん衰えていく伴侶に、何ひとつしてやれることがない。迫りくる死とは、こうも圧倒的に見えるのだろうか。

しかし、エリカは首を振って暗い想いを打ち払った。テオはここにいる。最期まで隣にいると誓ったのだ。目をそらすな。

ふと、ベッドのサイドボードに思い出の詰まった菓子箱があるのが目に映った。引っ越しの日に、エリカがここに置いたものだ。位置がずれているので、エリカがいないときにテオは何度かこの箱を開けているのではなかろうか。

箱を手に取り蓋を開けた。エーリヒと写ったポストカードが一番上になっていた。十五歳のテオが、エーリヒを抱いて笑っている。隣にいる十五歳のエリカも笑っている。八年住んだ家族住宅の居間で、当時隣に住んでいた夫婦に撮ってもらったものだ。あの夫妻も、翌年にはそろってエンディングハウスに入ったのだったなと思い出す。写真のエーリヒがあまりに可愛らしく撮れていたので、プリントサービスに頼み、数枚ポストカードを作ってもらったのだ。どこに送るでもない、ただの記念品のポストカードだったが、ふたりは満足だった。

「あら」

ふと持ち上げたポストカードの裏に何か書かれていることに気づいた。黒のサインペンで書かれたメッセージ。エリカは目をこらし、字を解読する。

『ありがとう、エリカ』

よれて読みづらいけれど、テオの字だった。

力の入らなくなった手で、一生懸命サインペンを握って書いたのだろう。エリカがいないときにそっと、普段言いづらい言葉を。

「謝らないで、とは言ったけど、こんなサプライズは照れ臭いわね」

エリカはあふれてくる涙でポストカードを濡《ぬ》らさないように、菓子箱の蓋をしめた。

枕元にそれを置き、屈みこんで眠るテオの額にキスをする。

一日でも長く命が続くよう、願いを込めて。

ハハトコ

行政の中枢機能が集まるセントラル一区の中心街、行政府庁舎裏手のカフェ・ボナパルトがナオミの勤め先である。ウエイターだが、たまにキッチンも手伝う。就職して六年、今年ナオミは二十一歳になった。

「ありがとうございました」

カフェにはひっきりなしに客が来る。座席でくつろいでいく人もいれば、テイクアウトでコーヒーを買っていく人もいる。特徴的なのは、このカフェ・ボナパルトは長命種の客がよく来るということ。短命種の客との比率は半々くらいで、これは一般的な飲食店からすればかなり多い。行政府などの中央機関に属する人間が多く来店するからだろう。

長命種は偶発的に生まれ、多くは遺伝子検査で早い段階に判明する。その後は専門機関で英才教育を受けるそうだ。通常より何倍も長い寿命を生きる彼らは、責務が大きく持続的な就労が求められる要職につく。行政府に長命種が多いのはそうした理由だろう。

短命種であるナオミたちからすれば、自分たちにはできない重責を担ってくれる長命種はありがたく、尊敬すべき存在と言える。

しかしカフェ・ボナパルトに六年も勤めていると、長命種という存在を素直に尊敬できなくもなっていた。

「遅いぞ。こっちは急いでるっていうのに」

テイクアウト専門カウンターで怒鳴っているのは長命種の客だ。見た目が明らかに年嵩《としかさ》なのと、行政府の職員バッジをつけているのですぐにわかる。

「申し訳ございませんでした」

店長が奥から出てきて頭を下げるけれど、その客は若い店員からコーヒー入りの紙袋をひったくった。

「おまえらには到底できない仕事をしてんだからな、こっちは。優先しろ」

そう吐き捨てて、他の客を押しのけのしのしと店外へ出ていく男。ナオミが見ている限り、コーヒーの提供に遅れはなかった。彼より先に他の客がコーヒーを待っていて、その客が短命種の一般人だっただけだ。

公営のカフェ・ボナパルトにはこういった横柄な長命種がたびたび訪れる。ナオミが思うに、長命種というのは長く生きる特殊な身体《からだ》ゆえに精神構造がねじ曲がってしまうのだろう。文句が多く、常に自分が優先されなければ気が済まない。傲慢な性格の者が多い気がする。見た目も、可哀想《かわいそう》に皺《しわ》と染みだらけでかさかさだったり、逆に赤ら顔でてかてかに脂ぎっていたり。髪の毛が禿《は》げ上がっていたり、真っ白だったり。でっぷりと太った者も、手足が枯れ木のように細く痩せさらばえてしまった者もいる。

あんなふうになれば、心がゆがんでしまってもしょうがない。

ナオミはそう考え、客の理不尽を受け流すことにしていた。それにバックヤードでは、長命種への悪口で従業員一同盛り上がるのだから、ある意味おあいこかもしれない。

「いらっしゃいませ」

入店を知らせるベルに顔を向けるとそこには常連の長命種の男性がいた。

「ひとりです。ランチはまだやっていますか？」

静かな声でそう尋ねる男は、見た目はナオミより十かそこら上に見えた。彼は長命種の中で少数派といえる優しい客だった。

「申し訳ありません。ランチは終わってしまったんです」

ナオミは案内しながらそう答える。時間をオーバーしていても、材料が残っていれば対応することもあるのだが、今日はまったく残っていなかった。しかし、彼は気に留めない様子で頷《うなず》いた。

「そりゃそうですね。もう夕方ですから」

「サンドイッチはいかがですか？　ハムと卵ときゅうりの。ポテトサラダもつきますよ」

「それをもらいます。あとコーヒーを」

そう言って、眼鏡の奥の目を笑みの形に細めた。理不尽に怒り出すことの多い長命種の中で、彼のように穏やかな人は本当に少ない。彼が以前同僚と思《おぼ》しき人と昼食に訪れ「タカハタ」と呼ばれていたのを聞いた。教科書のようなものを広げていたので教職員かもしれない。こんな人ばかりが長命種だったら、ナオミの仕事もストレスがないのに。それともこのタカハタも皺だらけの年寄になれば、意地悪くなるのだろうか。想像もつかないけれど。

「ナオミ、そろそろ上がりだろう。もういいよ」

男性店長に声をかけられ、ナオミは頷いた。

「ええ、でもぎりぎりまで働きます。夫と待ち合わせもしてるし」

「仲がいいね。ナオミの旦那はピクシー社の工場を任されているんだよな」

「たしかに責任者ですけど、たくさんある工場の一棟だけですよ」

謙遜したものの、ナオミも夫・ジルドの仕事には誇りを持っていた。公営企業の多い中、長命種の経営する民間企業は給与が高く仕事内容も幅広いので人気がある。ジルドはそんな民間企業のピクシー社という電子機器メーカーの工場長を務めている。

三十分ほどして、外にジルドがやって来たのが見えた。ナオミは挨拶をして退勤し、急いで制服のシャツを脱ぎカットソーを被《かぶ》った。裏口から表へ回る。

「ジルド」

「ナオミ、お疲れ様」

ジルドが軽くハグしてくる。勤め先の前だから、ちょっと恥ずかしいのですぐに離れた。ふと見ると、ウインドウの向こうでタカハタがこちらをにこやかに見ていた。

ナオミは照れ臭い気持ちで会釈をし、ジルドの背を押し歩き出す。

「あの男性客、長命種？」

ジルドが歩きながら尋ねる。

「ええ、私たちより十歳くらい上かしら。常連さんなの。いい人よ」

「長命種でいい人っていうのはあんまり知らないなあ」

ジルドの所属するピクシー社の社長も長命種である。その人を指しているのだろう。

「ナオミが褒めると、少し妬《や》けるな。ああいう雰囲気の男って、好みだったりする?」

そんなことを言われ、ナオミはふきだした。

「私の好みの男性はジルドよ。夫だもの」

仲がいいと店長に言われたけれど、確かに自分とジルドの関係は良好だろうと思う。

ジルドは優しく、どんなときもナオミの話を聞き意見を尊重してくれる。ナオミはあまり強く意見を主張するタイプではないが、ひと言ひと言に耳を傾けてくれる夫は得難い存在だと感じていた。統一政府のマッチングで出会い、結婚するという当たり前のプロセスを進んだ夫婦だが、相手が彼でよかったと心から思っていた。

「夕食、何にしようか」

「野菜が結構あるからサラダを作るね」

そんな会話をしながら、いつものように公園へと入っていく。ふたりが住む家族住宅は一区の外れにある。外れといっても、都市機能の集中する一区はどこも開発が進んだ近代的な街並みだ。こうして帰路に大きな公園を通り抜けることにしているのは、少しでも緑豊かな場所で新鮮な空気を感じたいからだ。ナオミの育ったノース地区の学校や寮は緑豊かな土地にあった。

公園を並んで歩いていると、右横から子どもたちの歓声が聞こえてくる。木立と高い塀の向こうにはセントラル地区の子どもの家がある。子どもの家はセントラル地区だけで何か所もあり、そこから就学と同時に全員が同じ寮に集められて養育される。ジルドはセントラル地区の出身で、この公園の反対側にある寮と学校を出ている。寮と学校の敷地から出ることはほとんどないとはいえ、セントラル地区は一応地元だそうだ。

ともかく子どもの声はここを通るときよく聞こえる。今は夏、日が落ちるのが遅いので、外遊びの時間も長いのだろう。

「大きな声が聞こえるねえ」

「そうだなあ。このくらいの子どもって、大人になってからは会う機会がないし、余計に声が響いて聞こえるよ」

ジルドの言う通り、子どもの家で働くか教職員をしていない限り、成人が子どもと関わる機会はほとんどないのだ。四歳や五歳の子どもがどのくらい元気いっぱいなのかも、自分たちの子ども時代の記憶以外知らない。

「ラーラも元気にやっているかしら」

ナオミはぼそっと呟《つぶや》く。ジルドがその言葉を聞き逃さず答えた。

「ああ、ラーラはきっと一番おてんばに違いないよ」

ナオミは微笑《ほほえ》み返した。ラーラは、ナオミとジルドのひとり娘だ。三回の流産を経て、十七歳のときに授かった大事な娘。ラーラの出産で、ナオミは病気が見つかり子宮を摘出したため、その後の妊娠は望めなかった。ラーラはふたりのたったひとりの子ども。今はナオミの育ったノース地区の子どもの家にいる。年は四歳になるだろう。

「私がもう何人か赤ちゃんを産めればよかったんだけど」

子どもを産むほど優遇される社会だ。ジルドが民間企業で稼いでくれている分、ふたりの暮らしは充分裕福だが、ナオミはいつもかすかな引け目を感じていた。もっとたくさん子どもを送り出している夫妻は多くいるのに、と。

ジルドが優しくナオミの肩を抱く。

「いいんだよ、僕らにはラーラだけで。きみはラーラと離れるときも、とても悲しそうだった。あんな思いを何度もさせたくないよ」

「ジルド」

「僕らにはラーラの思い出があれば充分。そうだろう？」

ナオミは夫の思いやりにあふれる言葉に、深く頷いた。

「そうね。私たちはラーラを授かって幸せなんだわ。多くを求めちゃいけないわね」

「さあ、帰って夕飯だ。僕も手伝うよ」

ふたりは並んで歩きだす。緑の向こうからは相変わらず子どもの歓声が聞こえていた。


その日、ナオミはあまり運がよくなかった。朝から忙しく休憩も取れないほどで、後輩のミスをカバーしたらさらに時間を取られてしまった。極めつけに、終業間近に客とぶつかってしまった。でっぷり太った長命種の客が、会計を終えて店から出るときに勢いよくナオミと衝突した。ナオミの手にはお盆。その上にはテーブルから下げてきた皿とグラス。けたたましい音をたてて、それらの食器が床に落ち割れた。

ぶつかった太った客は、ナオミを一瞥《いちべつ》し「うるさいぞ！」と怒鳴ってさっさと店を出て行ってしまった。ウエイターとして、咄嗟《とっさ》に「失礼いたしました」という言葉は出たが、この反応には呆気《あっけ》に取られてしまった。誰がどう見ても、あの客が不注意でぶつかったというのに。同僚が駆け寄ってきて散らばったグラスや皿の破片を片付けるのを手伝ってくれた。

「なんなの、あいつ。あっちが弁償すべきでしょ」

ひそひそと、でも怒りの表情を隠さない同僚に、ナオミは苦笑いする。

「ここは公営だし、あの人も行政府のバッジをつけていたから、同じところがお金払うようなものだよ。気にしないほうがいいかも」

「でも偉そうで腹立つよね」

腹は立つ。ここで勤めていたら長命種が嫌いになるばかりだ。あんなヤツだけではないとわかっているけれど。

ともかくナオミはぐったりと疲れて帰路についていた。今日はジルドの帰りが遅い日なので、ナオミひとりでの帰宅である。夕食も別々になるだろう。家にあるパンとハムと野菜で適当に済ませよう。夕食の算段をつけながら、いつもの公園を通り抜ける。右隣からは今日も子どもの元気な声。毎年夏はこうして帰宅の時間帯に聞こえてくる声が、今年はやけに気になる。嫌なのではない。耳に残るのだ。

そもそも子どもを多くは授かれなかった自分は、はしゃいだ幼い声を尊い特別なものに感じているのかもしれない。憧憬の念を抱いているのだろう。

ふとすい寄せられるようにナオミは声の方に顔を向ける。すると、塀の方向、木々の間に細い小道を見つけた。低木の茂みの間にある小道は一歩踏み入れると葉が茂った樹木の陰で暗く、うっそうとしていた。蚊が多くいそうだと思いつつも、そのまま進んだ。

次の瞬間、目の前に小さな影が現れた。枝葉の隙間から差し込むオレンジの日に照らされたその影は、子どものものだ。

ナオミはごくんと唾を呑《の》み込んだ。なぜ、子どもがこんなところに。

近づくとその輪郭と顔立ちが見て取れた。三、四歳の女児だった。ふわふわと長い髪をハーフアップに結い、エプロンドレスのような服を着ている。子どもの家の制服かもしれない。

「平気よ」

その子がナオミの顔を見て放った第一声がそれだった。ナオミはその可愛《かわい》い声がどういう意味なのか測り兼ね、少女の顔を凝視した。

「裏の木戸が壊れているのを知ってるのは、あたしの他にクレアとマーティンだけなの。先生は知らないわ。だから、平気よ」

ここにいる理由を言っているようだった。叱られないから大丈夫、そんな感じだろうか。

「裏の木戸……、あなたはここの子どもね。壊れたドアから出てきてしまったの？」

「この時間は先生たちが忙しいから、ばれないし気づかれないんだよ」

彼女は知らない大人相手に、ペラペラと喋る。どちらかといえば、気圧《けお》されているのはナオミのほうだった。ナオミは当然ながら、大人になってこの年代の少女と話したことがない。

「叱られるわ。早く帰ったほうがいい」

そう言いながら、ナオミは少女の顔をまじまじと見つめた。薄い茶色の髪の毛は、ジルドの髪色と似ている。大きな瞳は濃いブラウン色をしている。可愛らしい少女だ。

「あなたの名前は？」

少女はナオミの忠告をスルーして尋ねてくる。ナオミは面食らいながら答えた。

「ナオミ、というの」

「ナオミ。前に同じ名前の子がいた。いい名前ね。あたしはラーラ。ラーラっていうの」

彼女の名にナオミは凍り付いた。

ラーラ。娘と同じ名前だ。

「ラーラ……あなたはラーラっていうの？」

「そうよ」

「ずっとこの子どもの家にいるの？」

娘のラーラはノース地区にいる。生育通知ももらっているのだ。何を馬鹿なことをと思いながら聞かずにはいられない。

ラーラは頷いた。

「そうよ。ずっとここよ。ものすごく赤ちゃんのときはわからないから、たぶんだけど」

通常、赤ん坊は生後六ヶ月で子どもの家に預けられる。それから夫婦の居住区とは異なる地域に送られ、そこで成長する。これは夫婦が先に生まれた子を気にせずに、次の子どもを授かれるように、また就労に集中できるようにという配慮だ。近くに住んでいるとなれば、我が子のことがどうしても気になるというのが親心で、子どもの家の職員や教師から情報を得ようとする者もいるかもしれないからだ。

しかし、ナオミは聞いたことがある。特別な事情や、他地区の定員がちょうどいっぱいだったりすると、夫婦と同じ地域で養育されるケースがある、と。その際は、別地区の管轄からあたかもそこで暮らしているかのように生育通知がくるのだそうだ。あくまで噂《うわさ》だが、目の前のラーラと名乗る少女を前に、ナオミの鼓動はどんどん速くなっていった。

先々月にもらった通知にラーラの身長と体重が書かれていた気がする。どのくらいだっただろう。一生懸命思いだし、目の前の子の体格と比べようとしてしまう。

髪色はジルドと同じ。赤ん坊のラーラも同じ髪色だった。顔立ちも心なしかジルドのはっきりした目鼻立ちに似ている気がする。

「ラーラ……」

「ねえ、ナオミ。ナオミは何をしている人？」

「え、えっと、行政府の裏手にあるカフェ・ボナパルトでウエイターをしているの」

「ウエイターって、コーヒーやパスタを運ぶ人でしょ。格好いいね」

それほど格好いい職業ではないだろうが、子どもから見たら大人は格好いいのかもしれない。ラーラの熱心な目に思わず顔がほころぶ。

「ありがとう。ラーラ……は、今いくつ？」

「四歳」

年も同じだ。ナオミの胸にざわざわとした予感が浮かんでくる。もしかしてこの子は……。

「あ、チャイムだ。帰らなきゃ。またね、ナオミ」

遠くかすかに聞こえる子どもの家のチャイム。夕食の合図かもしれない。

ラーラは踵《きびす》を返し、長い髪をなびかせ低木の向こうに消えた。あっという間の出来事だった。

ラーラの消えた茂みをかき分け、塀に沿って歩いてみると、そこには確かにもう久しく使われていない様子の木戸があった。以前は非常口にでもしていたのかもしれないが、すでに朽ちてぼろぼろで、蝶番《ちょうつがい》は取れかけていた。薄く開いた戸の向こうには、森のように深い木立が見える。子どもたちはもう施設内に入ったのか、声は聞こえなくなっていた。

夢でも見たのだろうか。ナオミはしばしそこに立ち尽くした。

ラーラという少女と会った。娘と同じ名、同じ年、同じ髪の色をした子ども。

ふらふらとした足取りで帰宅したナオミはシャワーだけ浴び、夕食も取らずにベッドに倒れ込んだ。ラーラという少女の顔が頭から離れない。

もし、ノース地区にいるというのが作られた情報であるならば、ラーラは預けられたまま、このセントラル地区で成長している可能性だってある。

あの子は自分とジルドの娘ではないだろうか。

そんな考えが心を支配する。それしか考えられなくなる。しかしナオミは目を閉じ、馬鹿な自分自身の考えを律した。

冷静に考えたほうがいい。そんな偶然があるはずはないし、生育通知は数ヶ月に一度ちゃんとノース地区からくる。今現在の娘の顔はわからないけれど、彼女の知能テストや身体測定の結果をナオミは知っている。普通に考えれば、あの子は同じ名前の他人だ。

「忘れよう」

不思議な夢を見たのだ。もう考えてはいけない。

ナオミはそのまま眠り、次に目覚めたのはジルドの帰宅した深夜だった。

あの少女のことを、ジルドには言わなかった。

翌日ナオミは何も変わらずにカフェで働いていた。同じように夕方に退勤し、ひとり帰宅する。この公園を通るのも日常の範囲。

小道に足を踏み入れたとき、もしかして、と考えたことは間違いない。会えるかもしれないという期待だ。

しかし、昨日会った場所にラーラという少女はいなかった。

きゃあきゃあという子どもの声が塀の向こうから聞こえるだけ。陰の深い小道はところどころ日が差し込む以外は薄暗い。蚊がぷーんと頬をかすめ、ナオミはそれを手で追い払った。

これでよかったのだ。ナオミは納得し、その場を立ち去った。ほっとしたような残念なような不思議な心地だった。

それからナオミは毎日その小道に寄り道をして帰宅するようになった。ラーラという少女に会いたいという明確な感情があるわけではない。しかし、やめることができなかった。

一度見たきりのラーラの顔は、何度も思い出すうちに、どんどんジルドと自分に似てきているように感じられてしまう。これではいけない。あの子は娘ではない。確認するためにも、もう一度顔を見たい。

ラーラに会いたいとしたらそういった気持ちからだろう。そう、ナオミは自身の行動に納得していた。

最初の出会いからちょうど一週間目の夕暮れ時、ナオミは再びラーラと出会った。

「こんにちは」

勇気を出して話しかけると、ラーラがこちらに振り向いた。道に屈《かが》みこんでいる。

「ナオミ。こんにちは」

彼女もまた一週間前に出会った大人のことをちゃんと覚えていた。にっこり笑った顔はとても可愛らしい。

「見て、アリジゴク。でも、蟻《あり》かからないんだ。このアリジゴク、お腹空《なかす》かないかしら」

ラーラは無邪気にナオミを手招きする。ナオミは横に並び、屈みこんだ。蚊の気配を感じたので、持っていたスプレー式の虫よけを自分とラーラにかける。

「あなたはいつもこうして抜け出して遊んでいるの？」

「たまにだよ。この時間は先生たちがおちびさんをお風呂に入れるの。あたしたち上の子はお夕飯の後にお風呂だから、今は暇なんだ。外で遊んだり、遊具室で遊んだりしていていいのよ」

ラーラは得意げに言う。ナオミは思い出してカバンの中を探った。フィルムに包まれた丸いチョコレートを取り出して、ラーラに見せた。

「チョコレートは好き？　よければあげるわ」

「いいの？」

ラーラが大きなブラウンの目をさらに大きく見開いた。そのチョコレートはマーケットでもちょっと値が張るもので、少なくとも子どもの家でお菓子として出るものではない。

「もらいものの残りだからどうぞ」

本当はいつラーラと会ってもいいようにカバンに忍ばせておいたのだ。ラーラは大きなチョコレート玉を受け取り、ごろんと丸ごと口に入れた。しばし、もぐもぐと口を動かして喋れないでいるが、目は口ほどにものをいう。気に入ってもらえたようだった。

「美味《おい》しい。こんなに美味しいチョコレート、食べたことない！」

「また……また次会ったとき、あげるわね」

こんな約束をしては駄目だと思いながら、ラーラの嬉《うれ》しそうな顔を見ていたら言わずにはいられなかった。チョコレートに釣られたのかラーラは案の定目を輝かせた。

「本当に？　えっとね、次の金曜日は先生の数が少ないの。その日なら、あたしまた出てこられるよ」

金曜日、三日後だ。ナオミは頷き、ラーラに言った。

「ええ、じゃあ金曜日に。私、もう少し早くここに来られるようにする。あ、あのね。お友達はここを知っているんでしょう。その子たちには内緒にできる？」

「できるわ。マーティンにもクレアにも言わない。あ、チャイム」

子どもの家からチャイムが聞こえると、ラーラは立ち上がりくるんと背を向ける。エプロンスカートと長いふわふわの髪をなびかせ、茂みの間に消えていった。

ナオミはしばし茂みを見つめて動けないでいた。四歳のラーラ、利発で明るい可愛い女の子。髪の色と顔立ちがやはりジルドに似ている。

「あの子は私たちのラーラ？」

そうだとしたら、これはすごいめぐり合わせかもしれない。もう二度と会えないと思っていた娘。遠くの地で育っているはずの彼女とこうして再会できたのだから。

その日からナオミとラーラの交流が始まった。約束はなくともナオミは仕事のある日は毎回その小道を通った。ラーラは週に二度ほど、職員や他の子どもたちの目を盗んで抜け出してくる。ナオミと会うと並んでベンチで話したり、周辺を散策したりする。ナオミがチョコレートやクッキーをあげると、ラーラはいつも大喜びで頬張った。

娘だ。

会えば会うほど、ナオミの中で疑念が確信に変わっていく。このラーラは間違いなくナオミが産んだ子どもだ。夫と同じ髪と瞳、利発な物言いと行動力のあるところもジルドそっくり。おそらく、何か理由があって、セントラル地区に留《とど》まって養育されている。

最愛の我が子と奇跡的に再会できたなんて。母と名乗ることはできなくとも、こうしてわずかな時間を共有できるだけでナオミは幸せだった。

「四歳は子どもの家ではお姉さんになるのよ」

ララは得意げに言う。

「先生の手伝いをしたり、小さな子の面倒を見たりするの。あたし、一歳のシャロンやケンのお昼寝を手伝うんだ。ふたりは泣き虫なんだけど、あたしがよしよしってするとすぐに寝るのよ」

〇歳から六歳までの子どもたちが育つ施設である。自然と上の子は下の子の面倒を見るようになり、大きな家族として育つ。ナオミもまたそうだったと思い出す。

「ララはしっかり者ね。先生に頼りにされてるなんてすごい」

「みんながまだ赤ちゃんなのよ。マーティンなんか、同じ四歳なのにこの前もおねしょしたのよ。あたしは絶対にしないもん」

大人ぶって口にする話題がおねしょなのだから可愛いものだ。ナオミは目を細め、何度も相槌《あいづち》を打つ。

「ララは外に興味があるの？　こうして子どもの家の外にこっそり出てくるなんて、何か見たいものがあるの？」

「外は見てみたいよ。みんなそう。でも、そのうち学校に入れば、外に出ることもあるし、大人になれば外で働くんだもん」

つまりはスリルや面白さ半分でやっているわけで、子どもの家から出たいという感情でもないのだろう。ナオミは少し落胆している自分に気づく。もし、ラーラが今の環境を苦痛に思っているなら、連れ出す理由ができるのに。

そこまで考えてぞっとした。今、自分は何を考えたのだろう。こうして、我が子と会っているだけで褒められたものではない。ジルドにラーラのことを言っていないのだって、うしろめたさからだ。それなのに、よもや連れ出すだなんて。

狼狽《ろうばい》をごまかすように、ナオミはラーラの顔を覗《のぞ》き込む。

「学校は楽しみ?」

「勉強って、字を書いたり数字を数えたりするんでしょう。今も少しするよ。よくわからないけど、絵本を読めるようになったら嬉しいな」

「絵本、好きなの?」

「先生が読んでくれるのよ。あたしが読めるようになったら、おちびさんたちに読んであげるのに。あたしたちが練習で読む本は、いつも六歳の子たちが持っていっちゃうの。四歳たちが読むには早い、生意気だって」

ラーラは口を尖《とが》らせて不満げだ。就学が近い六歳児たちに絵本を独占されているのが面白くないようだ。

「ララ、よければ今度絵本を持ってきてあげる。ここで少し本を読まない？」

「読みたいわ。絵本を持ってるの？　ナオミ」

「少しね。あなたにあげることはできないけれど、ここで読むぐらいならできる」

本当は子ども向けの絵本なんて持っていない。絵本は政府が出しているのだろうし、一般の書店で手に入るだろうか。しかし以前カフェで客が書店の紙袋と絵本を持っていたのを見たことがある。今思えば、あの客は子どもの家の職員だったのかもしれない。あの書店に行ってみればあるいは。

「しまい込んでしまったからすぐに持ってこられるかわからないのよ。時間をくれる？」

「いいよ。ナオミはすごいねえ。大人って、なんでも持ってるのねえ。チョコレートも絵本も、持ってるなんていいなあ」

ララが思うほど、大人はなんでも持っていない。与えられた環境で、与えられた毎日を送っているだけ。

もちろんそこに不自由はない。子どもを多く産むことが推奨されるとはいえ、ひとりしか産めなかったナオミですら、毎日平穏な日々を享受できている。

一方で考える。ラーラが想像する自由はどこにあるのだろう。その自由は、ナオミ自身も幼い頃漠然と想像していた自由だ。

（だって、娘と暮らすことすらできない）

ナオミは心のうちで呟いた。チャイムがナオミの耳にも聞こえる。時間である。ふたりは次の機会を約束して別れた。


休日、記憶を頼りに一区の書店へ行ってみる。心配とは裏腹に、店員に尋ねるとすぐに二冊の絵本を手に入れることができた。難しい言葉も使っていない幼児向けの絵本だ。これならラーラの字の練習にもなるだろう。

マーケットで新しいチョコレートを買う。裏を見てアルコールが使われていないかを確認するのも大事な作業だ。苦味が強いのも子ども向けじゃない。ラーラが好きなイチゴやオレンジの香りがするものがいい。キャラメルが入ったものも喜んでいた。

色々と買い込んで帰宅し、ぎょっとした。ジルドが帰宅している。今日は仕事でもう少し遅くなると思っていたのに。ナオミは焦り、玄関を入ってすぐのところにある物入れに本とチョコレートを押し込んだ。上から保存食の缶詰を急いで積む。

「ナオミ、お帰り」

リビングからジルドが顔を出すときには、ナオミは平然と笑顔を見せることができた。

「早かったのね。お昼にパンをたくさん買ってきてよかった」

「予定の会議がなくなっちゃったからね。午後は散歩でもするかい？」

「うん、そうしよう」

内心ドキドキしながら、ナオミはリビングに入る。ジルドが見ていないうちに荷物を取り出したいが、しばらくは妙な動きをしないほうがいいだろう。

ジルドは真面目《まじめ》だ。ナオミが娘と偶然再会し、彼女と定期的に会っていると知って、許すとは思えない。少なくとも今は言うべきではない。

ナオミが隠しておいた荷物を通勤カバンに入れられたのは、夜ジルドが入浴しているタイミングだった。

翌日、ナオミは早速絵本とチョコレートを持って公園の小道を訪れた。

「ナオミ！」

ナオミの姿を見つけて、ラーラが駆け寄ってくる。楽しみにしていたのだろう。ナオミはしーと指を口の前に持っていきながら、絵本を差し出してみせた。

「絵本だ！」

「一緒に読みましょう」

ふたりは並んでベンチに腰掛ける。うっそうとした茂みや木立がベンチを隠してくれる。ナオミはいつも使っている虫よけを、今日もラーラと自分の手足に吹き付けた。葉と葉の間から差し込む夕日の残光を頼りに絵本を開く。

「『……と、いいました。みれば……。』ナオミ、これはなんて読むの」

「『山の奥に滝がありました』よ」

「滝ってなあに？」

「川の水がまとまって崖から落ちてくるところがあるの」

挿絵を指さして説明しながら、ナオミ自身もそんな光景は見たことがないと思った。知識として知っているだけだ。統一政府とその下の行政府が管轄する地域は都市機能が備わっているが、どこの地域もそれ以外の場所は山と森に埋もれている。はるか数百年前の街が遺跡のように残っている場所もあるらしいが見る機会はない。

「ねえ、次は？」

「『大きな鳥がいました』……ふふ、一度私が全部読んでみるのはどう？」

「だめよ、あたしの練習だもの」

「練習だってお手本がいるでしょう？　ラーラは初めて読む本なのよ」

ラーラが本を差し出してきたので、ナオミは微笑みながらもう一度最初から本を読み始めた。残念ながら最後まで到達する前に、チャイムが聞こえてきた。

「続きはまた今度ね」

「ナオミ、次はいつ来てくれる？　あたしは明後日《あさって》なら出てこられるよ」

「わかったわ。でも、無理しちゃだめよ。もし見つかったら叱られるのはラーラだわ」

本当のところは違う。ラーラが叱られるだけでは済まない。壊れた木戸は塞がれ、ラーラとナオミが会うことは二度とできなくなってしまうだろう。

そう、この密会はいつ次の機会を失ってもおかしくない危ういもの。指先がちりっと痛む。この感情は焦りだ。

「ラーラ、またね。くれぐれも気を付けて」

「明後日、きっとよ。ナオミ」

夕焼けに照らされたラーラの豊かな髪は黄金色に光っていた。絵本の世界のように幻想的な光景をナオミは見つめる。

絵本に夢中でラーラはチョコレートに手をつけなかった。ベンチにはセロファンに包まれたオレンジソース入りのチョコレートが転がっている。

帰宅すると、ジルドが先に帰っていた。最近、一緒に帰ろうというジルドの誘いを断り続けている。気まずさとばれてはいけないという思いから、ナオミは敢《あ》えて明るい笑顔を作った。

「ジルド、ただいま」

「残業、大変だね、ナオミ。カフェ、忙しいんだな」

「夕方シフトの子が出産で抜けているから、一時的にね」

そんなごまかし方をする。ジルドは特にいぶかしく思っている様子もないようだ。

「ナオミ、頑張りすぎないでくれよ。僕らもなんだかんだ言って二十一歳だからね」

「やだ。働き盛りじゃない。老け込むにはお互い早いわよ」

ナオミは冷蔵庫から食材を取り出し、ジルドに言う。

「一緒に夕食を作りましょう。チキンサラダとパスタ入りスープ」

「いいね。じゃあ僕はスープに入れるパセリをちぎる係をやろうかな」

「そんな簡単な係じゃ駄目」

二人は顔を見合わせて笑った。

いつかラーラをジルドに会わせたい。ナオミは祈るようにそう思った。

親子三人で、お互いの顔を見て話したい。たった一度でもいい。そんな機会が作れたらいいのに。

だけど今は駄目だ。ラーラと会うのは許されることではない。ジルドを説得できる材料がない以上、ジルドに打ち明ければラーラと引き離されてしまうだろう。ラーラと会えなくなるのは避けたい。それがナオミの最も強い想《おも》いだった。


ラーラはそれから数回の密会で二冊の本を全部読み終えた。新しい本を持って来ようかとナオミは提案したが、この本でもう少し練習したいという。まだナオミが教えながらなので、自分ひとりで読めるようになりたいようだった。四歳にしては知能が高く、秀才肌だと思うのは親の欲目だろうか。やはりジルドに似て賢いのだろう。ナオミはラーラの横で字を教えながら、ひとときの母娘《おやこ》の時間を楽しんだ。

すでにナオミがラーラと出会って、二ヶ月近くが経《た》っていた。夏には遅かった日暮れも秋の始まりとなると少しずつ早まってくる。以前は別れのチャイムの時刻にも明るかった空が、今日はもう薄闇に染まり始めている。ただでさえ暗い小道は、日の差さない場所は夜のように真っ暗だった。

「ラーラ、チャイムよ。帰らないと」

「うん、帰る」

ラーラは名残惜しそうに本を眺めて、それからナオミの顔を見上げた。

「ナオミ、いつか『滝』を見たいね」

「滝……」

それは絵本に出てくる山奥の滝だ。ラーラは挿絵でしかそれを知らない。

「滝を見に行きたいな。ナオミと一緒に」

ナオミは唇を嚙《か》み締めた。私だって見たい。あなたと一緒に。

あふれかけた言葉を精一杯吞み込む。期待を持たせるような言い方をしてはいけない。

「いつか大人になったら、見に行けるわ。今よりもっとラーラは自由になれる」

詭弁《きべん》だが、ラーラを慰める言葉が他にわからなかった。ラーラはブラウンの瞳でじっとナオミを見つめ尋ねた。

「ナオミは大人になって見られたの？　滝」

「……いいえ、私も見たことはないの」

「じゃあ、一緒に行こう。ね。ナオミ」

無邪気なラーラの願いは叶《かな》わない。ラーラが十五歳の成人になり社会に出るとき、ナオミはもうこの世にいないだろう。そして、ラーラもまた就労と結婚という社会のシステムに組み込まれていく。

きっと、ラーラはナオミとした約束を忘れるだろう。そして、この子もまた母親になるのだ。手放すために子を産むのだ。

「どうしてかしらね……」

知らずナオミは呟いていた。涙をこらえ、拳を握る。

「ナオミ？」

どうして、母と子が引き離されるのだろう。第二子以降のスムーズな妊娠と出産のために国が子を預かるというのなら、次の子を望めないナオミはラーラを養育できてもいいはずだ。そういう理屈になる。ラーラと離れて暮らす理由はない。

自分だけではない。母親は子どもが愛《いと》しい。十ヶ月お腹で育て、痛みとともに産み落とし、半年の間いつくしんで育てる。そんな掌中《しょうちゅう》の珠《たま》が、政府の施策で取り上げられるのは、正しいことと言えるのだろうか。家族をバラバラにする権利を統一政府が持っているなんておかしい。

「私も、ラーラと滝を見に行きたい」

ナオミは震える声でささやいた。

「行きたいな。ラーラと一緒に、手を繋《つな》いで」

「いいよ。山の奥にあるんでしょう。あたし、ナオミを引っ張ってあげる」

ラーラは太陽のように明るい笑顔を見せ、それからくるっと踵を返して茂みの中に消えていった。

ナオミの心にあるのはいわば憤りだった。儘《まま》ならない世界に対するどうにもならない感情だ。この世界はおかしい。ナオミはもう、不条理を平気な顔で受け入れられなくなってしまった。

ラーラと再会したからだ。たったひとりの愛しい娘。ジルドと自分の可愛い子。あの子と暮らせたらどんなにいいだろう。一緒に食事をし、並んで歩く。あの豊かな髪を梳《す》いてやることも、寝る前に絵本をたくさん読んであげることもできる。

『ママ』

ラーラがそう呼んでくれることを想像すると涙が出そうだった。あなたの母だと名乗れば、ラーラはどんな顔をするだろう。困るだろうか。それともあの子も両親と離れて暮らしている事実を悲しく思うだろうか。

「ジルド、話があるの」

その日、ナオミは食後に切り出した。この苦しみと社会との軋轢《あつれき》を、これ以上口にせず仕舞いこんではいられない。いや、他の誰にわかってもらえなくてもいい。ジルドにだけは理解してほしい。そして、ジルドにも共感してほしい。

きっとあの子を見れば、ジルドも気持ちが変わる。

「どうしたの、そんな深刻な顔をして」

ジルドはそう言いながらも、そこまで重い話だとは思っていなかったようだ。

ナオミはゆっくりとこの二ヶ月の出来事を話し出した。偶然娘と出会ったこと、彼女と会い続けていること。いつか共に暮らしたいと願っていること。

「冗談だろう、ナオミ」

話し終えると、ジルドは狼狽しきった表情で、ナオミを見つめていた。尋ねているものの、ナオミが冗談で言っていないのはわかっている様子だった。

「ラーラはノース地区にいると……」

「生育通知は証拠にならないわ。親と同じ地域で育つことも稀《まれ》にあるのよ。ジルドだって、聞いたことはあるでしょう」

「でも、そんな……」

「あの子は、ジルドに似ている。髪の色も顔立ちも。賢くて、前向きなの」

　ジルドは苦しげに眉根を寄せ、それから首を振った。次にナオミを見た目は、厳しい色をしていた。

「仮にその子が本当にラーラだとして、接触し続けるのがいけないときみはわかっているだろう」

「そんなのわかってる。わかってるわ、ジルド。でも、娘なのよ。私たちのラーラよ」

　ナオミはかぶりを振って強い口調で言い返す。

「娘に会いたいと思うのは普通のことでしょう」

「だけど駄目だ。誰かにバレたら、きみは治安維持部隊に拘束されてしまう」

　治安維持部隊は、各行政府ごとに設置されている警邏《けいら》組織だ。犯罪の取り締まりや、政府管轄の重要地区の警備を担当している。子どもと密《ひそ》かに会っていたと露見すれば拘束され、行政府の判断次第では収監されることもありうるだろう。

「ナオミ、僕はきみを心配している」

　ジルドは目を伏せ、真剣な口調で言った。

「どうか、もうその子には会わないと約束してほしい。僕のためを思うなら」

「ジルド、あなたの娘なのよ」

「僕はきみの夫で、きみは僕の妻だ。……家族だ」

ナオミはそれ以上何も言えなくなってしまった。うつむき、かすかに頷くので精一杯だった。

この世のすべてが敵に回ってしまったような心地だった。夫すら、この気持ちを理解してくれない。ナオミは絶望にうつむく。それでも仕事はあり、ナオミは今日もカフェ・ボナパルトで仕事をする。

こうしているうちにも秋が深まり日が落ちるのが早くなっていく。あの時刻の小道は暗闇となり、ラーラは抜け出せなくなるだろう。そうなればラーラには会えなくなる。

次の初夏までに木戸が修理されないとも限らないのだから、来年また会えるなどと悠長な考えではいられない。

「ランチはまだありますか」

この日、十四時過ぎにやってきたのはあのタカハタという長命種の男性だった。そうだ。この男性は教師かもしれない。

「ありますよ。コロッケとロールキャベツ」

「じゃあ、それでお願いします。一緒にアイスコーヒーを」

「あの、お客様」

ナオミはおそるおそる尋ねる。

「もしかして、学校の先生をされていたりしますか？」

「……ええ。セントラル地区のミドルスクールで教えています」

ミドルスクール、それでは駄目だ。もし、この常連がプライマリースクールの教師であれば、あと二年ほどで進学するラーラの様子を聞けると思ったのに。離れ離れになっても、繋がりが途絶えずにいられればいいと考えたのに。

「僕が教師だとよくわかりましたね。もしかしてセントラル地区のご出身でしたか」

「ああ、いえいえ、私はノース地区の生まれで。……ちょっと前、テキストみたいなものを持っているのが見えて気になっていただけです」

タカハタに尋ねられ、ナオミは慌てて世間話だったというように言い直した。

「お客様みたいに優しそうな人が先生だったら、子どもたちも安心だろうなって思ったんです」

「優しいかはわかりませんが……、僕は長命種ですからね。一生のうちでたくさんの生徒を見送ることで、社会に貢献したいとは思っています」

そうか、この男性教師にいつかラーラも習うかもしれない。その頃、ナオミがこの世にいなくても、タカハタはラーラが社会に出るのを見送ってくれるかもしれない。そういう希望を心の慰めにしていけばいいだろうか。

ジルドには止められた。もうラーラに会うべきではない、と。

彼は言った。『僕はきみの夫だ』と。

大事な家族はジルドだ。娘会いたさに蔑《ないがし》ろにしていい存在じゃない。ジルドはずっとナオミを支えてくれた。三度の流産も、ラーラを授かったときも、ラーラと別れる瞬間も。ジルドだけは変わらずそばにいてくれた。

そのジルドが、自分のためにももう会わないでほしいと言っているのだ。それならば、この妄執にも似た感情を捨てなければならない。あきらめなければいけない。

「先生、アイスコーヒーを先に持ってきますね」

「先生はやめてください。ちょっと恥ずかしいので」

そう言って苦笑いするタカハタに会釈をし、ナオミはカウンターに戻る。

ラーラにお別れを言おう。それで最後にするのだ。胸が張り裂けそうにつらいけれど、きっと自分たち親子のためには一番いい。

仕事を終え、公園に向かった。あの小道に入るのも今日が最後だ。ラーラが今日いなければ、明日。明日もいなければ明後日。きちんと話して自分自身に区切りをつけよう。

青々と茂った低木の隙間、ベンチにラーラが座っていた。すでに薄闇が広がり始めている。

「ナオミ」

顔をあげたラーラは少し雰囲気が違って見えた。眉が寄り、悲しそうな顔をしている。

「こんにちは、ラーラ。何かあったの？　お友達と喧嘩《けんか》した？　先生に叱られた？」

「ナオミ、マーティンが壊れた木戸のことを先生に言っちゃったの」

ラーラは立ち上がり、ナオミに駆け寄ってくる。

「マーティンとクレアが喧嘩して、マーティンは自分も外に出ているくせに、『クレアは壊れたドアから外の公園に出てる悪い子だ』って先生に言いつけちゃったのよ。先生はすぐに木戸を見て、私たちに近づいちゃいけませんって。近いうちに修理の人がくるって言ってた」

ナオミは慄然《りつぜん》と立ち尽くした。いつかこんな瞬間がくるとは思っていた。しかし、恐れていた日がこれほど急にやってくるとは。

いや、むしろちょうどいいではないか。自分もまたラーラに別れを告げにきたのだ。もう会えなくなったと言うつもりでいたのだ。

それなのに、いざラーラと会えなくなる現実が迫ると、ナオミの心は嵐のごとくめちゃくちゃになってしまった。もう二度と可愛い娘と会うことはない。彼女が成長していく姿を見ることはない。高い塀に遮られ、ナオミとラーラは別れ別れだ。

「ナオミと絵本をもっと読みたかったのに」

ラーラは悲しそうにうなだれた。ナオミは屈みこみ、彼女の手の中にチョコレートの包みを握らせた。

「食べて、ラーラ」

「ナオミ、ありがとう」

「今日は先生の目を盗んできたのね。大変だったでしょう」

「ううん、先生は近づいちゃだめって言っただけで見張ってるわけじゃないもん。おちびさんたちの泥遊びの後だから、外に出やすかったんだ」

ナオミは喉を鳴らした。自身の鼓動が内側で強く響く。どうするかなどと考えている余裕はなかった。

「ラーラ、明日も出てこられる？　木戸の修理がまだなら」

ラーラは首をかしげ、それから頷いた。

「明日はお医者さんが診察に来る日だから、きっと先生も忙しい。出られるよ」

「一緒に滝を見に行きましょう」

ナオミの提案にラーラがぱっと目を輝かせた。絵本の挿絵を思い出しているのだろう。

「滝⁉　見に行けるの？」

「ええ、連れて行ってあげられそうなの。明日のこの時間、ここに来て。一緒に出かけましょう」

思い切った提案に、ナオミの心臓は爆発しそうに鳴り響いていた。ラーラは力強く頷き、感極まったようにナオミの腕にとびついた。

「やったあ。滝だ！　ナオミ、連れてって！」

ナオミはラーラの身体をぎゅっと抱き寄せる。あたたかくて、土と汗の匂いがする柔らかな子どもの身体。

手を放してはいけない。絶対に。

「約束よ、ラーラ」

今日の時点で見つかってはまずいので、チャイムより早くラーラを送り出した。ナオミは足早に自宅へ戻る。

クローゼットの中にある一番大きなカバンを取り出し、キャスターのついた布製のそれを丁寧に拭いた。そして二番目に大きなカバンに下着と服を詰めた。荷物は最低限でいい。それらをもう一度クローゼットにしまった。ジルドは間もなく帰宅するだろう。

ナオミの心は決まっていた。

翌日、仕事をあがると急いで自宅に帰ってふたつのカバンを持ち出した。財布にはありったけの現金を入れてある。カード決済システムを使う買い物がほとんどだが、購入履歴で行く先が知られると困るので現金を利用するしかない。

ラーラを連れてこの街を出る。ふたりで暮らせる土地を探して、一緒に生きていこう。

約束のベンチにラーラは待っていた。いつものエプロンドレスに白い靴。うきうきと足を揺らしている。

「ラーラ！」

「ナオミ、待ってたよ！」

駆けてくるラーラを抱きとめ、用意していたパーカーをばさりと被せた。

「ナオミ、これなあに？」

「ラーラが滝を見に行くのは内緒でしょ。だから、ちょっと隠れてもらわなきゃいけないの」

努めて明るい声音でナオミは説明する。

「ほら、ラーラくらいの子どもは外を出歩かないから、目立っちゃうのよ。そうすると、ラーラと私の秘密の冒険を知らない大人に邪魔されちゃう。少しだけ、かくれんぼできないかな」

「うん、わかったよ！」

元気に言うラーラにキャスター付きのカバンに入ってもらう。想像した通り、ラーラの小さな身体はすっぽりと収まった。しかし、ファスナーを閉じようとするとラーラがか細い声を出す。

「ナオミ、これちょっと怖い」

「え？　あ、暗いのね」

どうやらカバンの中の暗さと圧迫感が怖いようだ。自分も同じ身になったら嫌に違いないとナオミは思い直す。

しかし、ここでグズグズはしていられない。

「ほんの少しも我慢できそうにない？」

「暗いのは怖いの」

「ラーラ、滝を見に行くんでしょう？　ちょっとだけでも頑張れないかな？」

見る間にラーラの目に大きな雫《しずく》が盛り上がった。泣きわめかれては困るというより、愛娘《まなむすめ》を泣かせてしまったことがショックだった。胸にひどい罪悪感が湧き、急いでラーラを抱き上げカバンから引っ張り出した。

「ごめんね、ラーラ。怖かったね。私が悪かったわ」

くすんくすんと泣くラーラを抱きしめ、ナオミは考えた。パーカーを羽織らせたまま人目につかない場所を選んで移動しよう。今夜はジルドの帰りが遅い。一度自宅に戻って、作戦を考え直すのだ。

ナオミはセントラル八区の歓楽街を最初の目的地として考えていた。あそこは身元が不確かな住人も多く、行政府の管理も行き届いていないと聞く。ラーラと身を落ち着けられる場所ではないだろうから一時的な逗留《とうりゅう》とし、そこで次の行先を決めればいい。

少なくとも今連れて逃げなければ、ラーラとは未来永劫《えいごう》離れ離れだ。

自宅でラーラを落ち着かせ説得し、ジルドが帰ってくるまでに車を手配して八区へ行こう。ラーラが眠ってしまえば、カバンに入れ目立たず運べるかもしれない。

「ラーラ、私と来てくれる？」

ナオミは改めてラーラの耳元で尋ねる。ラーラは顔をあげ、涙をごしごしと拭いた。それから、にっこり可愛らしく笑う。

「うん、ナオミと滝を見に行くの」

秘密の冒険。ふたりでどこまで行けるだろう。ナオミは涙をこらえ、頷いた。

パーカーにくるんだラーラを抱いて、カバンを手に歩き出した。そのときだ。

突然、目の前が光った。それがこちらに向けて差し出された懐中電灯の光であるとすぐに気づく。

咄嗟にラーラをかばって背を丸めたナオミだが、視界には映っていた。作業着を着た男性が数人、そして女性がひとり。壊れた木戸を修理しにきた業者に違いない。こんな時間に来るなんて。

「あなた、どなたです？」

女性が明らかに不信感のある声で尋ねてきた。散歩していただけだと言い張ることはできないだろう。ラーラの薄い茶色の髪がパーカーからこぼれ見えているのだ。

「子ども……？　それは、うちの生徒ではありませんか？」

ナオミは唇を嚙み締め、息を吞んだ。次の瞬間カバンを放りだし、ラーラを抱えて小道を走り出した。

「誘拐よ！　捕まえて！」

女性が金切り声をあげ、業者の男たちが追いかけてくる。細腕でラーラを抱いたナオミが追い付かれるのに時間はかからなかった。

「やめて！　ラーラを返して！」

ナオミの手からラーラが奪われる。その小さな身体を職員と思しき女性が抱きかかえた。ナオミは業者の男たちに腕をつかまれ、必死にもがき叫んだ。

「私の娘なの！　私の娘なのよ！　ラーラを返して！　一緒に行くの！　約束したのよっ！」

ラーラは事態に驚いて大声で泣いていた。やがて、治安維持部隊と子どもの家の関係者が駆けつけてきた。泣きじゃくるラーラを職員が連れていってしまう。

「ラーラ！　ラーラ！」

ナオミは自分のパーカーを巻き付けられたラーラの姿が見えなくなるまで暴れ、その名を叫び続けた。

それからしばらくの記憶がナオミにはない。治安維持部隊に連行され、事情聴取を受けたのは朧気《おぼろげ》に覚えているが、どう連行されたとかどこに連れていかれたとか、すべてが曖昧だ。

事情聴取の間、ナオミは一貫して言い続けた。あの子は自分の娘で、養育できるから連れて行こうと思った、と。施設から脱走していた子どもを見つけて保護したといえば、言い逃れはできただろう。そんな言い訳を思いつかなかったわけでもない。しかし、ラーラと交わした秘密の冒険の約束は事実だったし、それをなかったことにはしたくなかった。

罪になるとしても、自身の真意を言っておきたかった。

明け方、ジルドが迎えにきた。それまでぼうっとしていたナオミの意識はジルドを見て、ようやく覚醒した。

「ジルド！　あの子は？　あの子は大丈夫？　叱られたり閉じ込められたりはしていない？」

勢いよく尋ねるナオミに、ジルドは目を見開き、それから答えた。

「そんなふうには聞いていないよ。たくさん泣いて疲れて眠ってしまったそうだ。彼女にお咎《とが》めがないように僕からもよくお願いしておくよ」

「ジルド、ごめんなさい。あなたを置いていくつもりはなかったの。でも、あなたの理解を得るまでの時間がなかった。あの子との生活が落ち着いてから連絡するつもりだったの」

「ナオミ、落ち着いて」

「だって、私たち三人で家族だもの。あの子は私とあなたの娘だもの。三人で幸せに……」

「ナオミ！」

ジルドの鋭い声に、ナオミは口をつぐんだ。ジルドは見たこともないくらい憔悴《しょうすい》し、悲しげに顔をゆがめていた。

涙がするするとナオミの頬をつたった。

「どうして、ジルド。娘と一緒にいたかっただけよ。あの子の成長を近くで見たかっただけよ。一緒に食事をして、絵本を読んで並んで眠りたかっただけ。それの何がいけないの？　親と子が離れて暮らさなきゃいけないなんて、おかしい。おかしいわ」

ナオミは鼻をすすり、震える声で訴えた。ジルドの頬にも涙がつたっていた。

「ナオミ、きみの心は何も間違っていない。だけど、きみがしようとしていたことは間違いなんだ」

うなだれたジルドを呆然《ぼうぜん》と見つめ、ナオミは言葉をなくした。間違っていないのに間違っている。そんなのはおかしい。だけど、最初から自分のいる世界がおかしいなら、仕方のないことなのかもしれない。

涙があとからあとからこぼれ、ナオミのスカートの膝に水玉の染みを作った。


「天気がよくてよかったね」

電車の車窓を眺め、ジルドが言った。ボックスシートの向かいの座席に腰掛けたナオミは窓を見やってから頷いた。進行方向側に座っているので、景色は後ろから前方に流れていく。残暑の日差しを受け、木々は白く光って見えた。森と森の間を縫うように電車は進む。

「イースト十区、緑豊かな土地だって聞くよ」

ジルドの言葉にナオミは再び頷いた。

今日、ふたりは住み慣れたセントラル一区からイースト地区最北の十区に引っ越す。

荷物はすでに運んでもらい、ふたりはそれぞれ小さなカバンをひとつだけ持って電車で新天地に向かっている。

「オーガニックミルクの牧場だそうだけど、楽しみだね。そこでは牛を放牧させているらしいよ。羊や豚もいるみたい。ナオミは動物が好きだから、きっとすぐに馴染《なじ》める」

牧場はふたりの新しい就労先である。夫婦そろって同じ職場なのは珍しいが、おそらくジルドにナオミの監視をさせる目的があるのだろう。

子どもの家から幼児を誘拐しようとしたナオミは微罪処分となった。事件の捜査も裁く権限も行政府が持っていて、それらの詳細は一般に開示されるものではない。子どもの家から迷い出た子どもと関わったというのが表向きのナオミの罪状で、事を大きくしないためなのか、子どもの家側の設備不良を表沙汰にしないためなのか、ともかく誘拐の罪には問われなかった。治安維持部隊は行政府の決定通りにナオミをすぐに釈放し、ナオミはジルドのもとに帰ってこられた。

しかし、その日のうちにふたりには転居と転職の通知がきた。夫婦でイースト地区に引っ越す。これ以上ラーラと接近させないためである。

公営カフェ勤務のナオミはもちろんだが、民間企業のピクシー社も行政府からの指示を聞かざるを得なかったようで、工場責任者のジルドは退職となった。ジルド本人は「ストレスが減っていい」と気にしない素振りを見せてくれたが、ナオミはこの点だけは申し訳ないと感じていた。

ララがその後どうなったのか、ナオミは知らない。釈放されてすぐは、どうにか安否が知りたくてジルドに子どもの家に連絡をしてくれと再三頼んだ。しかし、事実上の接近禁止命令がきて、ナオミは行動も思考も停止させた。もうララにしてあげられることは何ひとつないのだ。そう思い知った。

「ねえ、ナオミ」

ジルドが車窓を見つめ、ぽつりと口を開く。

「僕はきみが拘束されているとき、あの子の資料を全部見たよ」

あの子、ララのことを話すのはあれ以来初めてだ。ナオミは無言だった。ジルドはひとり言のように続ける。

「あの子の両親はサウス地区の夫婦だ。髪色は母親譲り。……そして、あの子の手首にはほくろがない」

ナオミは唇を引き結び、自身もまた車窓を眺めた。緑に光が反射して眩《まぶ》しい。

「僕らのララには右手首にほくろがあった。割と目立つものだ。それがあのララにはなかった。きみがそれに気づかないはずはない。半年間溺愛して育てたきみが……。あの子はラーラじゃないよ。僕らの娘はノース地区で養育されている。あの子じゃない」

「……そんなの」

喉の奥が重たい。ざらざらと言葉が引っかかる。

ナオミの右目から涙が一筋滑り落ちた。

「知ってるわ」

ごおっと音がして電車がトンネルに滑り込んだ。

間もなくイースト地区のターミナル駅に到着する。

十区はそこから乗り合いバスで二時間ほどかかるそうだ。

花嫁たち

行政府庁舎近くのホールは、講演会や演劇会で使われる。マキアもプライマリースクールとミドルスクール時代に何度か来たことがあり、その時に聞いた。ここはセントラル地区の結婚式でも使われるのだと。

天窓のステンドグラスが美しく、落ちる光が幻想的で素敵な結婚式場に思えた。いつかこんな場所で花嫁になりたい。式は結婚相手との居住地で挙げることになっているので、マキアがこのホールを使うかはわからないが、花嫁にはなれるはず。

純白のドレスをまといヴェールを被《かぶ》って、夫となる人と向かい合う。指輪を交換して、キスをして、生涯の愛を誓うのだ。誰もが憧れるように幼いマキアもそんな夢を心に描いた。

それから数年後、マキアは花嫁として同じホールにいた。夫とセントラル地区に住むことが決まり、今日は結婚式の晴れ舞台である。

複数ある控室はどこも花嫁たちでごった返し、さながら戦場のようだった。事前に希望しレンタルしておいたウエディングドレスや小物を受け取り、ひとりで仕度をする。ドレスを着て、髪を結い上げ、アクセサリーをつける。しかし、女子の仕度ではよくあることで、頼んだ靴のサイズが違うだの、ピンがあまっていないかだのあちこちで甲高い声が聞こえる。

マキアは自身のボブヘアをとかし、自由に使っていい備品のワックスとスプレーで流れをつけると、左サイドに生花を飾った。ブーケと揃《そろ》いの薄桃色のバラである。余計な小物は希望しなかったので、身につけるのはシンプルなAラインのドレスと靴、バラのブーケ、ショート丈のグローブとヴェールだけだ。

自分の仕度を早々に済ませ、マキアは隣にいるリンの髪を結い始めた。リンの長い金髪は量が多くコシが強い。丁寧にとかし、くるくる巻いてアップスタイルにした。ピンで細かく留めていき、最後に大きな百合《ゆり》をあしらった。

「やっぱり、マキアに頼んで正解」

リンが鏡を見て嬉《うれ》しそうに微笑《ほほえ》む。親友のリンは長らくルームメイトでもあり、朝が弱い彼女の髪をまとめて結うのはマキアにとってほぼ日課のようなものだった。

「私、不器用だからこんなに綺麗《きれい》にできない。さすが、マキア」

「リンの量の多い髪を、私が扱い慣れてるってだけよ」

そう言いつつ、マキアは自分の仕事ぶりに満足していた。リンの可愛《かわい》らしい顔が目立つヘアスタイルができた。素人にしてはなかなかの出来ではないだろうか。

ドレスと小物はお揃いにしようと一緒にカタログから選んだ。リンは白い百合のブーケを手にし、マキアは親友と並び、その姿を鏡に映した。

「マキア、すごく綺麗。美人だぁ」

リンが歓声をあげた。先に言われてしまったとマキアは口をもぞもぞとさせる。リンのほうが可愛いし、ドレスも花もあつらえたようだ。お揃いのドレスだが、リンのほうがよく似合っているのは、嫌ではなくむしろ嬉しくて誇らしい。

「ねえ、リン。口紅を買ってあるの。一緒に塗らない?」

マキアはポーチからスティックを取り出す。寮の手伝いをして貯《た》めたお金で買った薄い赤のルージュだ。メイクは禁止されていないが、ドレスのようにレンタル品があるわけでもないので、自分で用意しなければならない。マキアが購入できたのはルージュ一本だけだった。

「塗りたい、塗りたい」

リンが無邪気にねだるので、目の前の椅子に座らせて、その顔を覗《のぞ》き込んだ。リンは睫毛《まつげ》が長く、目が大きい。鼻と口は小さくあどけなく、同い年の花嫁たちの中では一際《ひときわ》幼く見えた。

「唇、んーってして」

マキアは唇を尖《とが》らせて見本を見せる。真似《まね》をするリンは、どう見てもアヒルみたいだ。

「駄目駄目、それじゃうまく塗れないし」

「え、どうするの？」

「こうだってば、んー」

唇を尖らせて見せるが、やはりリンは変な顔になってしまう。マキアは噴き出した。

「やだもう、笑わせないでよ」

「笑わせてないよう」

リンが必死に反論するので、余計に面白い。

結婚式はいわば大人になるための儀式だ。決められた相手と出会ったその日に夫婦になり、翌日には同居し、そろって就労する。十四歳でミドルスクールを卒業してから、この激動の数日を越え、自分たちは大人になる。ほのかな期待と圧倒的な戸惑いとともに、マキアたちは花嫁になる。

「ほら、もう時間」

準備万端、ふたりは他の花嫁たちに交じって、順に控室を出て廊下を進んだ。そして、新郎が待つホールへ向かう。

新郎のタモツとは着替える前に一度挨拶をした。写真では三ヶ月前から見ていた相手だが、実際に会うのは今日が初めてだった。リンも同様に顔合わせは先に済ませたようだ。

「緊張するね、マキア」

「リン」

マキアは手を差し出す。リンがその手を自然に握ってくる。白い薄手のグローブ越しにリンの体温が伝わってきた。

「転んだり居眠りしたりしないでよ。会場では、別行動なんだから」

「うん。席が離れてるもんね。旦那さんと並んで座って、祝辞を聞いて……。マキアがいないと心配～」

「そんなこと言わないの」

子どもの家から一緒だったリンと何度こうして手を繋《つな》いできただろう。あと少しでこの温かな手を放さなければならない。

マキアもリンもそれぞれ夫のもとへ行く。花嫁として、生涯の愛を誓うために。

「ねえねえ、祝辞の後は一組ずつ個室に移動して、宣誓と署名、記念撮影だっけ」

「そう、それで解散よ。リン、旦那さんと引っ越しの話もあるでしょう。寮に戻るのは別々でいいよね」

「えへへ、マキア、待っててもいい？　私、部屋の鍵忘れちゃって。ほら、一緒に部屋を出たじゃない？」

「はあ？　どうしてそうなるのよ。寮監に開けてもらいなさい」

マキアは呆《あき》れてリンを見やる。いつものことだが、リンはのんきな調子だ。

「ごめーん。マキアが先に終わったら待ってなくていいからぁ」

「……待ってるわよ」

マキアはリンの手をぎゅっと握り、集団の中、親友が転ばないように手を引いた。

リンも放すまいと、繋いだ手に力を込めてくる。このひと時が、終わらなければいいのに。一瞬そう思い、マキアはすぐに自身の考えを打ち消した。そんな子どもじみた考えを持ってはいけない。今日は大人になる晴れがましい日なのだ。

廊下から吹き抜けのエントランスに出る。そこには大勢の新郎新婦がいた。セントラル地区の結婚式は一斉に今日この場で行われるのだから、ホールに集まるのは千人規模になるだろう。エントランスで待ち合わせるカップルもいるが、多くはそのままホール内の指定された座席に向かう。この人数の中、写真でしか知らなかった相手と待ち合わせをするのは困難だからだ。

しかし、マキアは扉近くにある銅像の前に、夫となるタモツを見つけた。真っ黒な髪とアンバーの瞳、表情は不愛想だけれど、顔立ちは悪くない。向こうもマキアが来たと気づいたようだ。

「マキア、あの人」

一緒に写真を見ていたせいか、マキアの視線の先を追ったのか、リンもタモツに気づく。

「リンが席にたどり着けるか心配だから、先に送るわ。彼には待っててもらう」

マキアはブーケを持った片手をあげてタモツに目配せをし、リンの手を引いてホールに入った。

ホールは広く、エントランスと同じく新郎新婦だらけだった。天窓のステンドグラスは演劇などのときはカーテンで覆われるが、今日はそれがない。日の光を透かして綺麗である。

子どもの頃からあこがれてきた花嫁に、今自分たちはなったのだ。

しかしあの頃は、こんな気持ちで花嫁になるとは想像もしなかった。成人となり晴れやかで誇らしい気持ちであるはずなのに、心を占めるのはどうしようもない苦い痛み。

「じゃあね、リン」

決められた席にリンを送った。隣に彼女の夫の姿はない。顔を合わせないで済んだことにほっとした。リンの相手を直接見たら、きっと嫌な顔をしてしまったに違いない。

「マキア、またあとでね」

式が終われば、リンと待ち合わせて帰るのだろう。学校から帰寮するいつものように。しかし、マキアがリンと同じ部屋で過ごすのは今夜が最後。明日にはそれぞれの夫とともに新しい生活がスタートする。

子ども時代が終わる。自分にもリンにも大事な相手ができ、道は分かれるのだ。

結婚式の翌日、マキアはセントラル四区の家族住宅に引っ越した。夫であるタモツはイースト地区の出身だ。

「今日からよろしくね」

「よろしく」

マキアの挨拶に、タモツは軽く頭を下げて答えた。昨日、初めて会った時から表情豊かなほうではないとは思っていた。

結婚相手と対面するのは結婚式の直前で、どのカップルも照れて困ったようにおぼつかないやりとりをする。そんな中、タモツは表情も変えずに「どうも」と言っただけだった。

昨日と様子はほぼ変わっていない。違うのは、左手の薬指に支給品の結婚指輪がはまっていることくらいだ。

「私の職場、近くの縫製工場なの。タモツは駅前のカフェだっけ」

「ああ、そうだ」

やはり返事がそっけない。好きな女子でもいて結婚に乗り気じゃなかったのだろうか。結婚という制度自体に興味がないという者もいる。

それでも、夫婦と定められたらそれは絶対だ。よほどのことがない限り、離婚なんてすべきではないと習うし、マキアもそう思っている。

マーケットで買ってきたパンとサラダをテーブルに並べ、あらためてタモツの顔を見た。

「私、結構がさつだし言い方もきついから、嫌なことがあったら言ってよ？」

マキアの語調は強いらしい。よくリンに言われていた。手先は器用でも、神経質にあちこちに気を遣うタイプではないと自分でも思う。

タモツはマキアの顔を見つめ返し、頷《うなず》いた。

「俺も気が利かないから、何かあったら言葉にして」

どうやら不機嫌なのではなさそうだ。単純に無骨なタイプというだけで、協力して家庭を作っていくつもりはあるのかもしれない。

ならば、もう少し突っ込んだ話をしても問題ないだろうか。マキアは数瞬悩んでから、口を開いた。

「子どものことだけど……」

「マキアの好きなタイミングでいいよ」

初めて名前を呼ばれたとマキアは気づいた。自分の名前を低い声で静かに呼ばれるのは、なんとも不思議な感覚だ。同い年のはずなのに、がっしりした身体《からだ》つきで無表情のタモツはずいぶんおとなびて見える。

「じゃあ、私は今夜からでいい」

マキアはきっぱりと言い切った。覚悟が鈍らないうちに事を進めたかった。

「夫婦なんだし、子どもは早く産んだ方がいいでしょ」

「わかった」

タモツは何を考えているかわからない様子で頷いた。

夕食を食べた後、シャワーを浴び、寝室に入る。手前のベッドに横になっていると、シャワーを浴び終えたタモツがやってきた。ぎしりときしむベッド。タモツが腰かけたのだとわかった。

夫婦だから普通のこと。子どもを作るために抱き合うのは、共同生活の延長線上にある大事な行為であり、避けては通れない。それなら早く済ませたほうがいい。関係を持つべきだ。

「マキア」

自分を呼ぶ低い声は、決して嫌じゃない。だから大丈夫。怖くはないし、抱き合ったとしても何も変わらない。

マキアは自分に言い聞かせる。それと同時にリンの顔が脳裏をよぎった。

リンはどうしているだろう。リンも今、同じ寄る辺ない気持ちでいるだろうか。

マキアは思い切って身体を起こし、タモツの首に自ら腕を回した。

翌日は縫製工場に初出勤する日だった。

予定の時間より少し早く到着すると、門の前でリンが待っていた。

「マキア！」

リンが顔をあげ、ふわっと笑った。マキアも笑みを返す。緊張がするするとほどけていくのを感じた。

昨日寮で別れたばかりだというのに、随分長い間会っていなかったような気分である。

「リン、おはよう」

「あ～、マキアの顔を見たら安心した。やっぱり同じ職場に希望を出してよかったぁ」

リンが安堵《あんど》の息をつく。その表情はどこかくたびれているように見えた。

「リン、大丈夫？」

「うん」

工場のエントランスまで歩くふたりはしばし無言。いつ言おうか。聞くなら今がいい。マキアは迷ってから、思い切って尋ねた。

「その……彼とそういうことは済ませた？」

これまで互いの夫の写真を見せ合い、空想を膨らませてきた。生殖は夫婦にとって大事な行為であるし、あけすけに聞いてもいいだろう。

リンがおずおずと頷く。わかっていたはずなのに、瞬間、ぞわっと背筋が粟立《あわだ》った。

「わ、私も。案外、たいしたことなかったよね」

あくまで女子同士の世間話。そんな軽い口調で感想を言うと、リンがすっとうつむいた。

「そう。マキアはすごいな。私は……ちょっとだけ怖かった」

「嫌なこと、されたの？」

「そういうんじゃないよ。でも、ほら。男の人って慣れないから……」

マキアは歩きながら慰めるようにリンの肩を抱いた。自分の感じた心細さの何倍もの感情をリンは味わったのかもしれない。マイペースでおっとりしたリンのことだ。痛くても怖くても口には出せずに我慢したに違いない。そう思うと、悔しくて悲しくてどうしようもなくなった。

たった一晩で自分もリンも変わってしまったのだ。

自分はともかく、リンが不当に傷つけられたように感じられてならない。リンが汚されてしまった。

そこまで考え、マキアは自身の想《おも》いを打ち消した。自分もリンも、当たり前の夫婦の手順を踏んだだけ。

リンが柔らかな微笑みを向けた。

「ふふ、でもこれからも毎日マキアと会えるから」

「私もリンと同じ職場で嬉しいよ」

そうだ、この先もリンとは親友でいられる。今日から退職するまでほとんど毎日顔を合わせられるのだ。離れ離れになるわけではない。

ふたりの就労先選びの基準は、同じ職場になれるかだった。

この縫製工場は、主にシャツやスラックスなどを作っている。学校やあらゆる職業の制服に使用されるものだ。流行《はや》りの服を作る工場ではなく、人気の就労先とも言えない。地味な職場だからこそ、そろって希望を出しても通りやすいだろうと考えたのだ。

もちろんマッチング相手の就労先との兼ね合いもあるので、希望通りいくほうが珍しいが、ふたりは念願かなって同じ職場となれた。

「マキアは器用だしセンスがあるから、本当は美容師なんかがよかったんじゃない？　私に付き合わせちゃってごめんね」

「リンよりは器用ってだけよ。それに縫製工場の仕事もきっと楽しい」

「うん、早く仕事に慣れようねぇ」

ふたりは連れだって工場に入った。先ほどまで感じていた不快な感情は、身体の奥底へ消えていき、代わりに初仕事の緊張がマキアを包んでいた。

マキアとリンが配属されたのは検品係だった。完成したシャツなどの商品を目視で検品し、ビニール袋で包装する。仕事の難易度は低く、新人が配属されやすいと先輩が教えてくれた。定期的に配置替えがあるそうで、三年もいればほとんどの係を経験できるらしい。

初日から早々に仕事に取り掛かり、一日があっという間に過ぎていった。リンとは門で別れた。工場はセントラル四区にあるが、ふたりの住まいは工場を挟んで逆方向である。

マキアはひとり、家に向かって歩いた。昨日の夕食はパンとサラダで済ませてしまったけれど、今日はどうするか、タモツと相談していなかった。帰って話せばいいかと取り出した携帯電話を再びしまう。

（リンの旦那、銀行員だっけ）

銀行員はなろうと思って誰でもなれる職ではないので、彼は優秀なのだろう。収入もいいらしい。

カフェ勤務のタモツの収入は自分と大差ないだろう。それなら世帯収入は、リン夫妻のほうが多くなるかもしれない。あとは子どもを何人産むかで、生涯賃金が変わる。

そんなことをぼんやり考えながらマキアは歩く。

昨夜、タモツと関係を持った。リンの前では強がったものの、正直に言えばマキアも会ったばかりの男子に触れられることに嫌悪感があった。それでも自分を鼓舞して行為に及んだのは、大人になるためだ。結婚し、子どもを産む普通の成人になるためだ。

普通にならなければいけない。

その気持ちはいつからか内側に芽生え、根深くマキアを縛ってきた。

普通の、当たり前の成人にならなければならない。中の上の成績、運動が得意で、友達も多い。学生として普通だったマキアは、大人としても普通になれるはず。

「リン……」

リンは今頃何をしているだろう。別れたばかりなのに、もうリンに会いたい。早く朝がきて、仕事の時間になればいいのに。

帰宅すると、ほぼ間をおかずにタモツも帰ってきた。

「おかえり、タモツ。夕食はどうする?」

「ああ」

タモツの顔を見て、ぎくんと心臓が嫌な跳ね方をした。気まずい。昨夜のことを極力思い出したくない。だからこそ、マキアは努めて明るく尋ねた。

「一緒にマーケットに買いにいく? 私はいつもこの時間に帰れるから、これからは帰り道にマーケットに寄ろうか」

「今日は、これにしないか」

タモツが手に持っていた包みをダイニングテーブルに置いた。開くと、そこにはサンドイッチがたくさん並んでいた。

「こんなに、どうしたの?」

「新人の歓迎だって、キッチンの先輩が作ってくれた。昼にたくさん食べたんだけど、まだ残ってたからもらってきた」

どうやら太っ腹な職場のようだ。新人を大事にしてくれるなら、タモツもきっと働きやすいだろうと、不思議とほっとした気持ちになる。

「でも、そうしたらタモツは昼も夜も同じサンドイッチじゃない。いいの?」

「いい。それに、うちの店のサンドイッチ、すごく美味《うま》いからマキアにも食べさせたくて」

マキアは顔をあげ、今までまっすぐに見られなかったタモツの顔を見た。

相変わらず無表情だけれど、タモツはマキアをじっと見つめていた。彼は言葉より、目で気持ちを伝えてくれる人なのかもしれない。マキアを見る琥珀《こはく》色の瞳は真摯《しんし》だ。

「ありがとう、タモツ」

「これは買ってきた。今日習ったから俺が淹《い》れるよ」

そう言って、取り出したコーヒー豆とフィルターを見せてくれた。

彼は夫婦になろうと気を遣ってくれている。マキアはそのことに、嬉しいような、申し訳ないような感情を覚えていた。

＊＊＊

マキアはセントラル一区の子どもの家で育った。出生地はサウス地区で、姉と弟がいるが別の地区にいて会うことはこの先もないだろう。

一番古い記憶は、子どもの家の庭を駆け回っているもので、おそらくは二歳くらいのこと。青い空と刈り込まれていない芝生。振り向くとマキアを必死に追いかけてくる金髪の少女。

最初の記憶から、マキアはリンとともにいた。

リンは他の子より口調も行動ものんびり屋だった。マキアは気が強く、男子と同じくらい暴れん坊。

また、リンは金髪と白い肌、深い青の瞳をした人形のような子どもで、ダークブラウンの髪とヘーゼルの瞳、浅黒い肌を持つマキアとは見た目も対照的だった。

どうしてふたりの気が合ったのかはわからないが、幼い頃からマキアはリンと姉妹のように寄り添って育った。マキアにとってリンより大事な存在はなく、リンと一緒にいれば悲しいことも不安なこともなかった。

学校では同じクラス、寮は同室。ふたりの仲は就学しても変わらなかった。

『マキア、待ってぇ』

リンはいつも無邪気にマキアを追いかけていた。困ったことがあれば相談してくるし、助けを求めてくる。マキアはもともと人に頼る性格ではない。プライドが高く、なんでも自分ひとりでやり遂げたいと思っている。

しかし、そんなマキアもリンにだけは遠慮なく頼った。苦手科目を教わったり、嫌いなメニューを食べてもらったり。意地悪なクラスメイトに靴を泥まみれにされたときは、仕返しに引き出しに虫を入れるのを手伝ってもらった。リンが頼ってくる分、同じだけ頼る。それがリンへの信頼の証《あかし》だった。

自分たちは特別な間柄。お互いが一番で、それは互いに確認するまでもない事実。

マキアはそう思って生きてきた。

『マキア、結婚ってどうしてしなければならないのかな』

あれはミドルスクールの一年時だった。不意にリンが言った。

ふたりは中庭のガゼボにいた。バラの時季で、茂みの中にあるガゼボはむせ返るような香気に包まれていた。ふたりは図書館の帰りで、マキアは分厚い小説を、リンは絵画集を手にしていた。

『結婚？　義務だからよ』

マキアは当然と言わんばかりに答えた。結婚と生殖の意義は、子どもの頃から繰り返し習う。人類の寿命は平均で二十五年、他の生物と比べ性成熟に時間がかかり、生殖可能期間が短い。そのため効率的に妊娠出産をしないと人口はどんどん減少していき、文明社会が守れなくなる。

『子どもを産んで人口減少を防ぐ。散々学校で習ったじゃない。私たちの使命みたいなものなんだし、そうすれば平和に生活していけるんだから従うべきよ』

『うん、でもね。なんにも知らない男子と、いきなり夫婦になって子どもを作らなきゃいけないんでしょう？　なんかそれって……嫌だなって』

リンはバラの蔓《つる》を手でもてあそびながら表情を曇らせた。

『隣のクラスのレイカ、好きな男子ができたんだって』

『好きな……って、男子とそんなに接点ないじゃない。どこで好きになるの？』

『クラス委員の仕事でだって。……でも、レイカがどんなにその男子を好きでも、……もしその男子もレイカを好きになっても、ふたりは別の相手と結婚しなきゃいけないんでしょう？　それって可哀想《かわいそう》だし、不自然な気がする』

マキアは嘆息し、呆れたようにリンを見つめた。

『恋愛感情を考慮してたら、統一政府の結婚システムが崩れちゃうわ』

一方で、リンの話にマキアの胸はざわついた。好きな人と一緒にいたい。その気持ちは自然な衝動だと感じられた。動物だって生殖の相手を自分で選ぶ。成人してから死ぬまで生活をともにする相手を、人間だけが自由に選べないのは、リンの言うとおり不自然なことかもしれない。成人したら決められた相手と即結婚。これを当然と教育されているため、あまり考えてこなかったけれど、好いた人をパートナーにできたほうが精神的には幸福度が高いのではないだろうか。もちろん、効率を度外視した考えだが。

『マキアは誰かに恋したことある?』

リンが青い瞳でこちらを見つめ返す。バラの蔓を指に巻き付け、花芯に鼻先を近づけて。

『あるわけない。そういう感情は、いつか結婚するパートナーと出会うまで取っておけって先生たちに言われてるじゃない』

『心ってそんなに自由にできるものかな。この人といつまでも一緒にいたい、大事にしたい、キスしたい。そんなふうに思える人に会ったら、気持ちを止められないと思う』

リンは静かに目を伏せた。金色の睫毛が白い頬に影を作る。

『叶《かな》わないなら、きっと死んじゃいそうなほど悲しいんだろうな』

『リンは……そんな人がいるの?』

気づいたらそう尋ねていた。リンが顔を上げ、にっこり笑った。

『ううん。ただレイカの話を聞いていたら、決められた相手と子どもを作って、人生の半分を過ごすのって、もしかしてすごく変で、怖いことなのかもしれないなって思

った だけ』

『あんまりそういう話を他の子の前で言わないほうがいいわよ』

子どもが国の制度や体制に対して、多少でも批判的なことを言うのを大人は嫌う。リンがそんなことを言っていたとクラスメイトにでも告げ口されたら、成績や就労希望に響くかもしれない。

リンは『マキア以外に言わないよ』と苦笑いし、ガゼボの天井を見上げた。

『ずっとずっと一緒にいたくて、胸が苦しくなるくらい好き。そんな恋、できたら素敵なのにな』

マキアはリンの顔を見つめた。

辺りには頭がくらくらしそうなほどのバラの香り。風が吹き、甘ったるい香りを掻《か》きまわす。リンの金髪が巻き上げられ、再び頬に落ちた。

リンだ。

マキアは自然とそう思った。

リンの言うずっと一緒にいたい相手がいるとしたら、それはリンだ。マキアの唯一であり、マキアのすべて。今までの人生をともにしてきた。これからの人生も叶うなら、リンと一緒がいい。

しかし、そんな想いは隣のクラスのレイカの恋と同様に叶いはしないだろう。

ミドルスクールを卒業すれば、自分たちは夫を持つのだから。

『マッチングで決まる男子が、恋できる相手だといいわね』

マキアは低い声調で言った。それが友人として普通で自然な言葉だと思ったからだ。

『そうだねぇ』

リンが笑って、立ち上がった。膝の上にあった絵画集が滑り、ガゼボの石畳に落ちて開く。

そこには少女と白馬が描かれていた。少女は遠くを眺めてどこか恍惚《こうこつ》とした表情で立ち尽くし、その足元にうずくまった白馬には奇妙な角が生えていた。絵画集によくわからない図案が多いのは、絵描きたちが遺跡の壁画などをモチーフにするからだそうだ。この馬と少女もそうなのだろうか。白馬は少女に忠誠を誓うように寄り添っていた。

それから一年後の初夏、ふたりのもとに通知がきた。

就労先の決定と、夫となる男子を知らせる通知だ。

ふたりは就労先が同じであることを喜び、互いに未来の夫の写真を見せ合い、あれこれ想像をした。

『好きになれるかしら』

一年前、愛のない結婚を不自然だと言ったリン。今は、マッチングされたパートナーを愛せるかどうかを心配している。夫が恋できるような相手ならいいとマキアが言ったからだろうか。

『最初はそんなに好きじゃなくてもいいんじゃない』

笑顔で答えながら、マキアの胸には小さな傷がいくつもできていくようだった。間もなくリンは写真の男と結婚するのだ。

誰よりリンと一緒にいたいのはマキアである。

また、リンも自分といるのが一番の幸福なはず。少なくとも今までふたりはそうして生きてきたのだ。

こんな男にリンを幸せにできるのだろうか。リンは本当にこの男に恋をするのだろうか。

考えれば考えるほど嫌になった。胸が苦しくなって搔きむしりたくなった。

そんなとき、マキアの心にはリンの言葉がよみがえる。『結婚ってどうしてしなければならないのかな』

本当にその通りだ。義務のために感情を捨て、決められた相手と子どもを作る。まるで機械みたい。いっそ、機械ならこんなおかしな気持ちを抱えないで済んだのに、と。

＊＊＊

「リン、一緒にお茶を飲んでから帰らない？」

縫製工場に勤め始めて一週間ほどが経《た》った。マキアは帰り際、リンを誘う。今日はタモツが遅番なので、夕食を別々にとる予定だった。

「えっと、あまり遅くならないようにって、ジョーに言われてるの」

ジョーはリンの夫だ。工場の門で立ち止まり、マキアは肩をすくめた。

「銀行員でしょう。この時間なら買い物してお茶を飲んでも先に帰れるんじゃない？」

「彼、通勤に時間がかかるから、朝晩の食事は私が用意することになっていてね。あまりミールセットも好きじゃなくて、寮で食べるような温かい食事を用意してほしいって言うんだ」

「それって横暴じゃない？　リンだって働いているのに我儘《わがまま》」

「まあ、彼の気持ちもわかるし、私もそんなに手の込んだ料理は作れないから、たいした手間じゃないんだ。でも、作る時間のことを考えると、ね」

「ふうん」

おおいに不満な気持ちでマキアは頷いた。リンは気にしていないようだが、マキアの目から見ると夫が負担を一方的に押し付けているように見える。

「じゃあ、私がリンの家近くのマーケットに寄るわ。それならどう？」

「マキアには遠回りになっちゃうよ。逆方向だし」

「いいの。私は時間あるし、そうすればリンともう少し喋れるじゃない」

リンが嬉しそうに頬を赤くして微笑んだ。

「じゃあ、そうしてもらおうかな」

毎日のように時を忘れて語らっていた仲である。仕事中は業務外のことはほとんど喋れないし、昼休みもそんなに長いわけではない。やはりリンも喋り足りないのだと思うと、マキアは嬉しかった。

「ねえ、今度の週末、買い物に出かけよう」

マキアはリンの顔を覗き込む。

「せっかく自由になるお金もあるんだし、服とかお菓子とか買いに行きたいわ」

「マキアったら、お給料が入るのは来月だよ」

「でも、余裕あるでしょ」

手元にあるのは新生活の支度金の残りだが、まだまだ充分にある。

「ジョーに聞いてみてからにするね」

リンの答えに、マキアは不満な気持ちを押し隠し頷いた。

なんでもかんでも夫に確認しなければならないのか。結婚とはそういうものなのか。

しかし、きっとタモツならそんなケチなことは言わないだろう。マキアが友人と服を買いに行くと言えば、快く送り出してくれるに違いない。

それならば、やはりリンの夫は狭量な男ではなかろうか。

週末、マキアとリンは買い物のため四区の中心街へ来ていた。駅があり、行き交う人も多い。

リンの夫はふたりが出かけるのを許してくれた。無駄遣いしないようにと釘《くぎ》を刺されたとリンは笑っていたが、マキアからすれば放っておいてほしいという気分だった。

「私服ってほとんど持ってないから楽しみ」

「そうだね。学生時代は制服で過ごしていたし。今着てるのも、支給品だし」

リンがシャツとロングスカートを確かめるように触る。マキアのパンツとブラウスも支給品だ。

「成人するとまず女子は服を買いに行くって聞くものね」

「次がアクセサリーでしょ？　結婚指輪だって支給品だから」

ふたりは自分たちの左手を持ち上げ、飾りけのないシルバーリングを眺める。

「私たち、セオリー通りの行動をしてるのねえ」

「じゃあ、次はアクセサリーを買いにこなきゃ。リン、また付き合ってよ？」

「もちろん」

女性用の服を扱う店はアーケードに何店舗もあり、ふたりはじっくりと見て回った。同じように買い物をしている夫婦連れや女性客は多く、どの店も賑《にぎ》わっている。次に菓子店でパッケージングされたスナック菓子やクッキーなどを買い込んだ。学生時代、少ない小遣いを出し合って購買部で買ったお菓子を思い出す。今はなんでも自由に買えるのだ。

「マキア、ランチはマキアの旦那さんのカフェに行かない？」

タモツの働くカフェは四区の駅前にある。目と鼻の先だ。

「仕事中の彼の姿を見てみたくない？」

「別に……」

そう言いかけて、タモツにリンを紹介したいと思った。リンの話はよくしているが、まだ実際に顔を突き合わせたことはないのだ。

「じゃあ、行ってみようか」

昼時のカフェは混み合っていた。四区の駅前にある大きな店で、しゃれた外装は旧世界の外国の城をイメージしているとタモツから聞いた。実際に見ると、確かに周囲の無機質な建物群の中で華やかな雰囲気を醸している。

天気がいいので、ふたりはオープンテラスを選んだ。席に案内されるときに、料理を運んでいるタモツを見つける。目が合って驚いた顔をされた。出かけるとは話していたけれど、ここに来るとは言っていないので当然だろう。

黒のベストに蝶《ちょう》ネクタイ、スリムなパンツを穿《は》いたタモツは、なかなか様になっていて格好よかった。がっしりした身体つきの彼に、ウエイターのユニフォームが似合うか心配していたのだが、杞憂《きゆう》だったようだ。

「来るとは思わなかった」

注文を取りに来てくれたのはタモツだった。照れているのか仏頂面が余計に硬く見える。マキアはリンを紹介した。

「急にごめんね。彼女は親友のリン」

「はじめまして。タモツと言います。いつも話は聞いています」

タモツが向き直って挨拶をすると、リンは朗らかに笑った。

「はじめまして。リンです。マキアには昔からずっとお世話になりっぱなしなんです」

いい雰囲気だと思った。不愛想なタモツが精一杯優しく笑おうと苦心しているし、リンもまた親友の夫にオープンに接している。きっと、夫と親友は仲良くなれるだろう。

一方で、マキアは大きな違和感を覚えていた。なぜこの穏やかな空間でそう感じるのか。胸がざわめく理由がわからない。

ランチを注文し、タモツに付け足して言う。

「タモツが初日に持って帰ってきたサンドイッチが美味《おい》しかったから、追加で頼もうかな」

「それなら、俺のおごりで一皿追加しておく。ふたりで食べてくれ」

「ありがとね、タモツ」

タモツが行ってしまうと、リンが感心したようにほおと息をついた。嬉しそうにマキアを見やる。

「仲がいいのね」

「……普通よ」

「ううん、すごくいい空気だった。タモツさんって素敵。マキアはいい人と巡り合ったと思う」

ずきんと胸が鋭く痛んだ。マキアは下唇を嚙み締め、ああと心の中で呻《うめ》く。

違和感の正体がわかった。

紹介したいなどと思っておきながら、実際にふたりを会わせてマキアは後悔に近い感情を覚えていたのだ。リンとタモツを会わせなくてもよかった。もし、ふたりが仲良くなれば、マキアとリンの間の異分子になってしまうかもしれない。そう危惧している自分に気づいてしまった。それはなんて身勝手で醜い思考だろう。いたたまれない気持ちをマキアは吞《の》み込む。

食事を終え、タモツに見送られてカフェを出た。ふたりは四区の外れにある公園を目指した。

職場の工場から木立は見えていたのだが、実際に来るのは初めてだ。木々にぐるりと囲まれた公園はかなり広かった。ウォーキングコースが整備されていて、休日に散歩を楽しんでいる人が多い。芝生にはレジャーシートを敷いて昼食を楽しむ夫婦連れが何組かいた。

セコイアの植わった一角は日陰になっているせいか人が少ない。その近くにマキアはシートを敷いた。枝葉の隙間から日差しが届けば湿気も冷えも気にならなかった。

リンが子どものようにごろんとシートに横になる。靴も脱ぎ捨ててしまう。

「マキア、お菓子食べよ、お菓子」

「ランチ食べたばっかりよ。お腹《なか》いっぱいって言ってたの、誰?」

「えへへ、お菓子は別腹。このちっちゃなドーナッツの詰め合わせ、マキア好きでしょう? ほらほら」

リンは自分の荷物から菓子を取り出し、袋を破る。マキアは嘆息し、リンの隣に腰を下ろした。

差し出されたドーナッツを口に運ぶ。まぶされた砂糖と濃い脂の味。安っぽくて、安心する懐かしい味だ。子どもの家のおやつで出てくるこのドーナッツが好きで、たまに学校の購買部でも買っていた。

覗き込めば、リンの深い青の瞳は空を映して明るく澄んでいた。実際に見たことはないけれど、晴れた日の海はこんな色をしているのかもしれない。金糸の髪がレジャーシートに散っている。長くて量があるから、草がついたら取るのが大変なのに、リンは厭《いと》う様子もない。

「リン」

「マキア、楽しいね」

「うん」

マキアは頷いた。こうしていれば、変わらぬ日常のままに思えた。

幼い頃から一緒にいた自分とリンが別々に暮らしているほうが異常なのだ。それともこんな考え方はいけないのだろうか。

「マキアとタモツさん、いい雰囲気だったなぁ。どの夫婦もそうなのかなぁ」

リンが空を仰いだまま呟《つぶや》いた。

「みんながみんなそうではないんじゃない？　私とタモツだって、まだお互い慣れないから気を遣い合ってるだけだし」

「結婚って、やっぱり変だよね。知らない人同士を無理やり家族にするんだもの」

「リン……、彼とうまくいってないの？」

「そういうんじゃないけど、結婚をしなくて済むなら、そのほうがよかったなって思うだけ」

マキアは黙った。まったく同じ気持ちだった。

タモツは善良な人間で同居するにはいい相手だけれど、こちらから強いて結婚したいわけではなかったし、今もそう思っている。

「結婚しないでいいなら、マキアと一緒に暮らすのに」

マキアは眉根を寄せた。寸分たがわず同じ願いを持っている。嬉しくて苦しい。

「そうだね。私も小さい頃からリンといたから、一緒にいるならリンがいいよ」

「子どもをたくさん産んだら、許してくれるかしら」

リンの「許す」という単語に、マキアは目を伏せる。

自分たちは「許されなければならない」のだろうか。社会から、制度から。

国民の義務として子を産めば、「許される」のだろうか。

「不自由だね、大人は」

リンが呟いた。

子どもの頃は、成人することで自由な世界に行けると思っていた。しかし、そうではなかった。違う場所で、がんじがらめになるだけなのかもしれない。

「死ぬまで約十年、やることが多すぎるのね、私たち人類は」

マキアは苦笑いを作った。そして、この不安と虚脱感をごまかす言葉を口にする。

「結婚して子どもを産んで働いて……大人になったら死ぬまで生産性を求められる。

だから、個人の気持ちや希望が蔑《ないがし》ろにされているように感じちゃうのかもしれない」

「そっか、子どもの頃のほうが楽なのは当たり前だよねえ」

リンが頷き、目を閉じた。

「エンディングハウスはマキアと入りたいな」

「同じところに入れるように申請しようね」

帰り難い気持ちはふたりとも同じで、日が暮れるまでそうして日向《ひなた》ぼっこをし、とりとめのない話を続けたのだった。


翌日、縫製工場に出勤し、マキアは仰天した。

作業室に現れたリンの額に絆創膏《ばんそうこう》がされていたからだ。始業直前だったので、駆け寄って事情を聞くこともできない。マキアは少し離れた位置にいるリンを凝視した。

血がにじんでいるようには見えないが、腫れている。何があったのだろう。

マキアのうるさいくらいの視線を感じたのか、リンはずっと目を伏せこちらを見なかった。

昼休憩になるやいなや、マキアはリンの腕を引き、ようやく外へ連れ出すことができた。

「リン、その傷はどうしたの？」

「転んだのよ」

リンは困ったように笑う。その様子にマキアは嫌な感覚を抑えられなくなっていた。

「旦那にやられたの？」

「違う。違うから。……ちょっと揉《も》み合うような感じになって、転んでテーブルの角にぶつけちゃった」

マキアは言葉を失った。揉み合うような事態なら、充分暴力に入る。

「平気よ、マキア」

「どこが平気なのよ、こんなことされて」

「私も悪いんだ。昨日、少し疲れてたから……その……セックスを断ったの。そしたら、ジョーが怒りだしちゃって」

さらに言葉が出てこなくなる。性生活を断って怒る？ そんなことがあっていいのだろうか。

リンはずっと困ったような笑顔を張り付けている。

「ジョーは早く子どもがほしいの。ほら、銀行員って優秀な人が揃うでしょう。退職までにどれだけ上にいけるかとても激しい競争なんだって。プライベートでも負けたくないから、ジョーは同期で一番先に子どもを授かりたいって。多くの子を世に送り出すのが、優秀な人間の務めなんだって」

「変よ、そんなの。それじゃあ、リンはずっとセックスを強制されてたの？」

「夫婦だから、強制じゃないよ。大丈夫、大丈夫」

マキアは握った拳が震えるのを感じた。断って怒り出すなら、強制も同然ではないか。

「彼、前からリンの行動を制限しているようには感じていたけど、他にも何か言われてるんじゃないの？」

マキアが詰め寄ると、リンは視線をさまよわせ遠慮がちに答えた。

「……きみは仕事なんかしなくてもいいから、どんどん俺の子どもを産んでくれって。生活費の心配はいらないから、俺の世話と妊娠に集中してくれって」

「そんなのリンを道具扱いしてる！　リンの人生は旦那の見栄《みえ》と出世のためにあるんじゃない！」

「子どもをたくさん授かれば、その分生活は裕福になる。社会的にも称賛される。……ジョーの主張は正しい。私のためになるのもわかるの」

リンは金色の睫毛を伏せ、ささやくように言った。力ない声音だった。

「それが安楽な生活だと言われたら、私は従うしかないんだと思う」

昨日のリンが思い浮かんだ。

大人は不自由だと言ったリン。マキアも同感だったが、リンは自分よりもっともっと不自由さを感じていたのではないか。

ミドルスクール時代、恋に憧れていたリンは今、生活のために意に添わぬ行為を強制されている。

「家に帰せないわ」

マキアは強い口調で言った。

「リンにこんな想いをさせてるなんて許せない」

「マキアは何もしちゃ駄目。ジョーは、自分が絶対正しいって思ってるから、きっとマキアの話も聞かない。マキアの旦那さんも巻き込みたくない」

「離婚って手もある。行政府に相談に行くならついていく」

「ジョーが絶対に応じないもの。体面を気にするから。相談に行ったってバレたら、仕事にすら来られなくなるかもしれない」

リンはマキアの手をぎゅっと両手で包んだ。見つめてくる青い瞳は必死だ。

「お願い、何もしないで。ジョーもきっと焦っているだけ。そのうち落ち着くと思う」

「でも、リン」

「こうして心配してくれる親友がいるんだから、私は幸せよ」

痛々しく微笑むリンを、こらえきれず抱き寄せた。ふたりの身長差はほとんどない。マキアはリンの美しい金髪に顔をうずめ、それから腫れた額にキスをした。大事で愛《いと》しくて、いたわりたくて仕方ない。ガーゼ越しのキスは思い余っての行動で、マキア自身唇を離してから自身のしでかしたことに驚いた。やってしまった。狼狽《ろうばい》を隠しきれない表情で、リンの反応を恐る恐るうかがう。

リンは青い大きな目をこぼれ落ちんばかりに見開いていた。驚いているのが伝わってくる。当たり前だ。どれほど仲が良くても、物心がついてから額にキスをしたことなんてないのだから。

言葉を探すマキア。すると、リンが見開かれた目をすっと三日月のように細くした。口元が緩むのが見てとれる。

「くすぐったい」

そう言ってリンはマキアの背に腕を回し、肩に頭を預けてきた。

「ありがとう、マキア」

リンがマキアの行動をどう思ったのかはわからない。しかし、気まずくないように気遣ってくれたのは確かなようだった。

マキアもまたそっとリンの背に腕を回す。額のキスも初めてだったが、正面からリンを抱きしめるのも初めてのこと。

とくとくと静かに鳴り響くリンの心音を感じながら、マキアはその背をいたわるようにさすった。

たとえばリンの隣にいるとき、どうしようもなく安心すると同時にさみしくて不安で泣きそうになる。

それはこの大事な女の子と、いつまで一緒にいられるだろうかという想いからくるものだった。いや、実際はもう少し複雑で、リンと出会えたこと自体がさみしさのすべてなのだとマキアは理解していた。

人はともすれば自身のさみしさに気づけない。大事な人と出会ってはじめて、自分がたったひとりだったのだと知るのだろう。そして、目の前の大事な存在を失えないと不安で泣きたくなるのだろう。

この感情を愛と呼ぶなら、マキアはリンを愛している。恋と呼ぶなら、それももう否定はできない。

長く、リンに対する感情に戸惑ってきた。独り占めしたいのと同じくらい、どこか遠くで幸せになってほしいと願ってきた。彼女に完全無欠の幸せをくれる存在を求めながら、自分以外の誰かが彼女に触れるのはおかしくなりそうなほど嫌だった。

リンが誰かの影響で変わっていくとしたら、そんなことは到底許せない。

マキアの身体の奥で怒りが燃え続けている。リンの夫・ジョーに対する負の感情である。

ジョーはリンに妊娠を強いている。

マキアのたった一輪の愛する花を踏みつけている。許せるはずがない。

結婚式からひと月半が経っていた。

最初に怪我《けが》をしてきた日以来、リンが同じようにどこかにあざやこぶを作ってくることはなかった。リン本人も『ジョーは謝ってくれた』と言っていた。

しかし、性行為の強要は続いているようだった。リンは言葉をにごしているが、従属関係に近い夫婦生活が透けて見える。

本当は今すぐにでもリンの手を引いて行政府の相談窓口に行きたい。

性行為の強要は、立派な離婚の事由になるはず。ジョーが怒って離婚に応じなくても、リンの証言と怪我をした証拠があればどうにかなるかもしれない。マキアは念のため、リンが怪我をしてきた様子を写真に収めていた。

しかし、一方で離婚した後のリンの暮らしについて自分がどこまでバックアップできるかというのは悩みでもあった。マキアにはタモツというパートナーがいる。これからタモツと家庭を営んでいかなければならない。

タモツとは時折情交を結んでいるが、もともとのお互いの性格もあってか、常日頃は淡泊な関係、どちらかといえば、友人同士のような暮らしだ。しかし、いずれマキアも妊娠し出産するかもしれない。

そうしたとき、リンの暮らしをどこまで守れるか。家庭の預貯金の中からリンに援助をするのは、いくらタモツが親切な人間でも嫌がるに違いない。タモツとリンはまったく関係がないのだから。

「マキア、できたよ。運んでくれるか?」

「わあ、美味しそう」

今日の夕飯はタモツが作ってくれた。カフェではウエイターのタモツだが、コーヒーも淹れるしパフェなどのデザートも作る。最近はキッチンにも手伝いに入るらしく、今日は覚えたてのミネストローネを作ってくれた。

「タモツってすごいよね。さらっとなんでもできちゃうタイプでしょ」

「そんなことない。俺が無表情だから、さらっとやってのけているように見えるだけだ」

タモツはシンクで調理器具を片付けながら答える。

「内心、焦ったり困ったりしてる」

「そう？ まだまだ観察が足りないね、私」

明るく笑いながら、マキアはテーブルに食事を並べていく。ミネストローネのいい香りが室内いっぱいに漂っていた。

「マキアは、思ったよりも優しいなって思ったよ」

「どういう意味？」

タモツがキッチンから出てきた。マキアの顔を見てうっすらと微笑んだ。

「写真で見たときは、ちょっとツンとした美人だなって思ったんだ。でも、実際は結構世話焼きでお人好《ひとよ》しだ」

「それは、ずっとのんき者のリンの面倒を見てたからだわ」

「リンさんに対してもそうだけど、俺に対しても優しいよ。がさつだなんて言うけど、暮らしやすいように色々と気遣ってくれるし、俺を理解しようとしてくれてる。俺、普通にしてても怒ってるように見えるらしいんだけど、マキアは俺をそんなふうに扱わない。それは嬉しい」

珍しいタモツの笑顔とあたたかな言葉に、マキアは面映《おもは》ゆい心地になった。マキアからすればタモツこそ優しい良人《おっと》だと思えた。

この感情がいつか恋に変わるのだろうか。リンに感じる熱病のような執着が掻き消え、タモツに対する愛が、あふれる泉のように湧き出《い》でる日が来るのだろうか。

今のマキアには想像もつかないことだった。

「さあ、食べよう」

タモツに促され、スプーンを手にする。ミネストローネはトマトの酸味と甘みがたっぷり出ていて美味しかった。夕食も半ば、世間話なのかタモツが口を開いた。

「今日、うちの常連の面白い男性に会ったよ」

「面白い男性？」

タモツが頷いた。

「長命種の行商人。短命種の奥さんを亡くしてから二十年くらい、国内を歩き回って暮らしてるんだってさ」

「行商人って……？」

「あちこちの地区を回って珍しい特産品や食品を仕入れて、別の地域で売る仕事。行政府から指示された仕事は辞めて、完全に自営で商売してる。四区には奥さんと暮らした家があるからたまに戻ってくるらしい。そのたび、うちのカフェで従業員相手に土産《みやげ》話をしてくれるんだ」

伴侶を亡くして二十年ほどということはその男性は四十代半ばなのだろう。マキアはその世代の人間をあまり見たことがない。しかし、ミドルスクールの校長が同じく四十代の女性だったことを思い出す。

長命種は長い人生を使って、国政や統一政府の要職に就いて社会に貢献していると聞く。だがそんな自由な生き方を選んだ長命種なら、確かに興味深い。

「サンガさんって言うんだけど、彼が言うにはウエスト地区のさらに西に、〝トコヨ〟って村があるそうだよ」

「さらに西って、ウエスト地区の外ってこと？　山しかないんじゃないの？」

「うん、学校ではそう習うよな。でもサンガさんが言うには、数百年前の街の跡地に行政府の管理から出た人たちが村を作ってるらしい。そこで神という唯一の存在を信仰して生きているんだって」

神。その概念は、歴史の授業で少し聞いた程度だ。古い社会では想像上の存在を神として祀《まつ》り、信仰といってその存在にすがって生きる、宗教という思想があったそうだ。

神は複数いて教義にも地域差があったせいで、旧世界では宗教間の対立によりたびたび戦争が起こったという。そのため統一政府樹立時に、信仰を全面的に禁止したそうだ。Tマクロの脅威に立ち向かうためには民族同士が思想によって対立してはいけない。戦争がおこれば、ただでさえ減少していく人口を守るどころか、絶滅すらあり得る。

「サンガさんは、人に頼まれて実際に〝トコヨ〟に物を売りに行ったことがあるんだ。小さな村で、子どもから大人までが一緒に暮らしているそうだ。古い発電機で電気は最低限使えて、下水処理なんかは旧世界の設備を整備して使っているんだって。すごいよな。服とか菓子を売りに行ったら、ものすごく喜ばれたって言ってたよ」

「子どもの家があるわけじゃないんでしょう。親が死んだら、子どもの養育はどうするのよ」

「村民は皆家族って考えらしくて、残った大人が平等に育てるんだってさ。巫女《みこ》って呼ばれる長命種の女性がいて、もうしわくちゃの年寄らしいんだけど、その人が村を取り仕切ってるって言ってたな」

マキアは〝トコヨ〟という村を想像してみた。山の中、古いものを修理し、身を寄せ合って生きる人たち。全員が家族で、唯一の存在を信じて生きている。

おそらく今マキアたちが享受している便利で安全な生活とは、まったく異なる生き方だ。

「にわかには信じられない話ね」

「まあ、そうだよな。でも、そこに行った本人から聞いたからさ。嘘《うそ》つくような人でもないって先輩たちも言ってたし」

マキアの言葉にタモツが答え、続けて言った。

「そこで生まれ育った人間はそこしか知らないから、きっとセントラルの発展した様子を見たら驚くだろうな」

「……昔、その〝トコヨ〟を作った人はどんな気持ちで、行政府の管理から出たのかしら」

「何か生きづらいことがあったのかもしれないよな。保障された安心で便利な暮らしが俺たちにはある。そこから出たい何かがあったのか……。俺には想像もつかないけど」

〝トコヨ〟という彼方《かなた》の村。そんな世界もあるのか。夢物語みたいだが、なぜか興味を引かれる。

そこで暮らす人々はマキアたちの暮らしをどう思うだろう。便利で、安心で、生殖と勤労を優先するシステマティックなこの社会を。

すると、マキアの携帯電話がチェストで鳴り響いた。着信だ。マキアは立ち上がり、携帯電話に歩み寄る。リンからだった。

「もしもし、リン?」

『マキア、今から会いに行っていい?』

常日頃、夕食を手作りすることを求められているリンが、この時間にどうしたというのだろう。しかし、考える必要はない。リンが会いたいと言うなら、マキアも会いたいのだ。

「わかった。すぐに出る。どこにいるの?」

『よかった。……実は、マキアの家の近くまで来ているの』

リンの声の安堵に、マキアは背中がざわざわとした。

タモツに断り、夕食の途中だが家を出た。近くにある公園はベンチがひとつと藤棚があるだけの殺風景な場所だ。そのベンチにリンは座っていた。

「リン！」

マキアは街灯の灯《あか》りに照らされた親友の顔を見るなり、叫んで駆け寄った。

白い左頬は赤く腫れあがり、口の端が切れているようで血がにじんでいる。

「マキア、急にごめんね」

「あの男ね、ジョーがやったのね！」

「落ち着いてマキア、見た目ほど痛くはないの」

ベンチに座るリンはくたびれたように笑って、マキアを見上げてくる。どうしてこんなときでも笑おうとするのだろう。以前のリンは、のんきなところがあるとはいえ嫌なことは嫌だと主張した。今はごまかすように笑ってばかりだ。

「喧嘩《けんか》になっちゃって。ジョーはすぐに謝ってくれたんだけど、私がちょっと家に居づらい感じで、出てきちゃった」

「謝るくらいなら殴るなって話でしょ？　もしかして、今までも殴られたりしていたの？」

「ううん、以前、額をぶつけたとき以外は、今日まで何もされていないよ」

何もされていなくはない。リンは変わらず性行為を強要されているはずだ。マキアは言いかけた言葉を呑み込む。リンを傷つけそうな気がしたのだ。

「ともかく、今日は家には帰っちゃ駄目よ。タモツに話してもいいかな。うちに泊まれるように相談したいの」

「うん、それは助かるんだけど……。マキアにもタモツさんにも迷惑をかけて申し訳ないな」

「何言ってるのよ。私は頼ってもらえて嬉しい」

その時、携帯電話のバイブレーションが響きだした。リンのポケットからのようだ。

「……ジョーだわ」

液晶画面を見下ろしてリンが呟く。マキアはすぐに言った。

「私が代わりに出るわ。言ってやるから。リンにこんなことして、治安維持部隊を呼ぶわよって」

「駄目。それは絶対に駄目。ジョーは否定されたり、責められたりすると、ものすごく攻撃的になるの。マキアのことを敵視するわ。何をするかわからない」

そんな危険な男と夫婦生活を送っているなんて。マキアはますます憤り、リンを見つめる。

着信は一度切れ、すぐにまた鳴りだした。

リンが思いつめた目で画面を眺めてから、マキアを見る。

「出るわ。マキアにも代わるけれど、絶対に名前を言っちゃ駄目。友人って言って」

「……わかった」

頷くと、リンが電話に出た。

「はい。ええ、大丈夫。ごめんなさい。今日は友達の家に泊めてもらう。……うん、少し落ち着きたいし」

ジョーの声は聞こえない。しかし、やりとりからすぐにでもリンに帰ってこいと言っているのが伝わってきた。殴っておいて、なんて横暴だろう。

「もう、友人の家なの。彼女に代わるわ」

リンがマキアに携帯電話を渡す。マキアは呼吸を整え、耳に電話を押し当てた。

『リンのお友達ですか、この度はご迷惑をおかけします』

電話から聞こえてきたのは少し高い、明朗な声だった。対決する覚悟で電話に出たマキアは驚いて、言葉を失った。

『夫婦の痴話喧嘩に巻き込んでしまい申し訳ありません。本当に些細《ささい》なことで。怪我は本人がぶつけたものですが、病院に行くほどのことではありませんので、ご心配なさらないようにお願いしますね』

リンの殴られた痕を痴話喧嘩でぶつけたとごまかすつもりなのだろうか。ともかくジョーという男は、敵意を向けるどころか愛想よくまくしたてるだけで、マキアに話す隙も与えない。

『いやあ、リンも意固地なところがありまして、言い出すと聞かないものですから。恐れ入りますが、今日はご厄介になります。本当にすみません。リンにあなたのような友人がいて本当によかった』

「はい、わかりました」

マキアははっきりとした口調で言った。

「リンさんはお預かりします」

これ以上会話をしたくなかったのですぐさま電話を切った。リンに携帯電話を返す。

「電源、切っちゃったほうがいいかもね」

「うん」

リンは携帯をしまい、疲労と安堵の表情でマキアを見つめた。マキアは度し難い感情を嚙み潰す。

「預かるなんて言ったけど、リンをあの男のところには帰せない。帰したくない」

「きっと、今だけよ。私が妊娠してしまえば、優しくなると思う」

そんな希望的観測を信じろというのだろうか。先ほど話した男は外面を気にするだけの卑怯者《ひきょうもの》だ。リンを殴っておきながら、取り繕うのに必死な様子だった。

あんな男がリンを抱いているなんて。リンを傷つけ続けているなんて。

「私は許せない」

「マキア……」

砂を踏む足音が聞こえた。振り向くと、そこにはタモツがいた。

「マキア、大丈夫か？」

「タモツ」

「夜は冷えるし、リンさんも一緒に部屋に戻ろう。リンさん、ミネストローネは好き？　俺が作ったのがあるんだけれど」

リンの頬の傷は見えているだろう。しかし、タモツは詮索もせずにリンに不器用な笑顔を見せる。

リンが泣きそうに顔をゆがめて、それから何度も頷いた。

「うん、ミネストローネは大好き。ありがとう、タモツさん」

事情を話すまでもなく、何かトラブルがあったことを察してくれた夫に、マキアは深く感謝をした。

それから、三人で夕食をとった。リンの傷は明るいところで見ればなお痛々しかったが、タモツはそのことに一切触れなかった。リンがシャワーを使っている間に、事態の説明と今夜リンを泊めたいという相談をしたが、タモツは当然とばかりに了承してくれた。

「行政府に相談したほうがいいかもしれないな。あんなにひどく殴るようなヤツは人間として最低だろ」

「うん、でも絶対に離婚に応じないだろうから無駄だって、リンが」

「俺が行って話をつけてこようか？」

タモツは背が高く、筋肉質でがっしりとした身体つきをしている。同世代の男性の中でも、体格は優れているほうだろう。さらには顔も無表情なせいか、少々強面《こわもて》に見える。

「リンが私やタモツを巻き込むのを嫌がってるの。旦那が何をするかわからないって」

「確かに……銀行員ってことはエリートだろう。仲がいいヤツに行政府の職員なんかがいるかもしれない。そういったヤツに根回しして離婚を阻止される可能性もあるな。あと、俺たち夫婦に不利になるような転職とかな」

なるほど、そういった心配もあったのか。リンはそこまで考えて何もしないでいたのかもしれない。

「だけど、リンをこのままにはしておけない」

マキアは厳しい口調で言い切った。

「リンが苦しいなら、私も苦しい。リンが幸せじゃないなら、私も幸せじゃない」

タモツが隣に来て、マキアの頭を掻き抱く。その仕草には、労《いた》わるような愛情があった。

「うん、そうだよな」


その晩、マキアとリンは二つ並んだ寝室のベッドでそれぞれ眠った。タモツはベッドを譲り、ソファに移動してくれた。リンは遠慮したけれど、疲れているだろうリンをソファで寝かせたくないというマキアとタモツの主張を最後は受け入れた。

「明日はここから直接仕事に行くけど、着替えや朝ごはんまでお世話になっちゃって悪いなあ」

常夜灯を眺めるリンの横顔は、頬の傷があっても、なお美しかった。マキアは答える。

「いいの、気にしないで。タモツの作るスクランブルエッグ、美味しいから。最高のコーヒーも淹れてくれるよ」

「ミネストローネもすごく美味しかったぁ。期待しちゃう」

リンの明るい声が、こちらに心配をかけまいという気遣いであったとしても、今この瞬間多少なりとも彼女の心が軽くなっていればいいと思った。

「リン」

マキアはささやいた。

「リンと遠くに行きたい」

「遠く？　……そういえば私たち、物心ついたときからセントラル地区以外に行ったことないもんねぇ」

リンの答えは、マキアの意味したものとは違っていた。それがとぼけたせいなのか、本当に伝わらなかったのか、マキアにはどちらでもよかった。

「うん」

そう答えて目を閉じた。

翌日、仕事の後、リンは自宅に帰っていった。再三止めたが、ここで帰らないとジョーの機嫌が余計に悪くなると言う。『いつまでも喧嘩をしたままじゃ、お互い苦しいしね』と苦笑いを見せて帰路についたリンを見送り、マキアは思った。もう猶予はない。

このままではリンはずっとあの男に縛り付けられる。人生をめちゃくちゃにされる。リンを救い出したいという気持ちは、完全にマキアのエゴである。それでも動かずにはいられない。傍観者でいられるほど、この心は死んでいない。

マキアはさらに翌日休みを取り、セントラル一区へ向かった。一区にはマキアとリンが通った学校があり、卒業生は一部施設を利用することができる。マキアがやってきた理由はミドルスクールの図書館で調べものをするためだった。調べる内容は〝トコヨ〟という村についてである。

文献があるかわからないが、少なくともウエスト地区について詳しく調べることはできるだろう。

もし〝トコヨ〟という村が本当に存在するなら、そこはリンの逃げ場になるかもしれない。リンの手を引いて連れて行こう。一緒に生きようと言おう。

自宅で携帯端末を使って調べなかったのは、マキアの失踪が明るみに出た後、端末で調べた痕跡が見つかると困るからだ。ミドルスクールの図書館なら貸し出し処理をしない限り記録が残らないので、まだマシだと考えたのである。

しかし、午前中いっぱい使って古い地図やウエスト地区の郷土史などを読み漁《あさ》ったが、めぼしい情報は見つからなかった。当然といえば、当然かもしれない。学生が目にしていい情報であるはずもなく、公になっていない村だからこそ逃げ場たりうるのだ。

昼すぎまで図書館をぐるぐるさまよい、昼休みで学生たちが増えてきたタイミングで図書館を出た。外廊下を訪問者向けの玄関に向かって歩いていると懐かしい人物に遭遇した。

「タカハタ先生」

歩いてきたのはマキアとリンの担任だったタカハタだ。長命種のおとなしい教師で、生徒に侮られることもあったけれど、他の高圧的な教師と比べてマキアは彼のことが好きだった。

声をかけてしまってからハッとした。ここで調べものをしていたなんて、あまり多くの人に知られていいことではない。

「マキアさん、こんにちは。今日はどうしました？」

タカハタは目を細め、優しく微笑む。

「ご無沙汰してます。今日は休日なんですけど、懐かしくて来ちゃいました」

「そうだったんですね。仕事も暮らしも順調ですか?」

「はい、順調です」

答えてマキアはタカハタの顔を見た。温厚で生徒全員に分け隔てなく接してくれた教師。ふとある考えが頭をよぎった。タカハタは長命種だ。長命種は幼い頃から英才教育を受け、知識は短命種より豊富であると聞く。

「先日、夫から聞いた話なんですけど、タカハタ先生ならご存じかなぁ」

マキアは何気ない世間話のように切り出した。ウエスト地区の先に〝トコヨ〟という村があること。行政府の管理からはみ出した人たちが、旧世代的な生活をしていること。話しながら、緊張で心拍数があがるのを感じた。こんなことを話してはまずいだろうか。

「眉唾だよって私が言ったら、夫は『行商人から聞いた。間違いない』って言い張って喧嘩になっちゃったんです。先生、この話知ってますか?」

危険な質問かもしれない。しかし、タカハタなら知っているのではないだろうか。マキアの知りたい情報を。

タカハタは口元に指をあて、ふうむと頷いた。

「なるほど、喧嘩はいけませんよ。……まあ、知っている者もいることですし、マキアさんもう成人ですしね」

「え、本当にあるんですか？」

「その〝トコヨ〟という村に限らず、この島国には行政府未管理の小さな集落がいくつか存在していると言われています」

マキアは息を呑んだ。

「世界統一政府樹立時に、この国は旧世界時の首都をセントラル地区とし行政府を設置しました。さらに周囲四方向に四つの地区を作り、国内の人口のほとんどがこの五地区内に集められました。そうして現在に至るまで、統一政府の指導下で行政府が住民の管理を行っています。しかし、主義主張から管理をよしとしない存在は古くからいるようで、そういった人々が旧世界の遺跡に住み着いて集落を形成しているそうです」

「じゃあ、夫の言ったことは事実……」

「ある長命種の研究者が、そういった集落をいくつか取材した文献がありますよ。一般に読めるものではありませんが。集落の存在は、社会に出ればマキアさんのご主人のように耳にする人もいるでしょう」

「……でも、把握していながら行政府はそういった人たちを取り締まったりしないいんですか?」

自然な言葉になっているだろうか。マキアは高鳴る心臓を抑え、何気なくタカハタに尋ねる。

「集落が放置されているのは、存続が不可能だからです」

タカハタは教師然とした口調で答えた。

「どの村も少人数で、効率的な人口管理もしていないため、必ず数世代で途絶えます。そして彼らは反社会的ではありますが、この世界の仕組みをひっくり返そうという野心を持っているわけではない。どの村も質素に自分たちの生活に追われて暮らす人ばかりです。彼らは行政府から暗黙のうちに捨て置かれた存在なんです」

捨て置かれた人々とその集落。それはまさにマキアの求めていた楽園だった。

目の前が開けた。希望がそこにある。

「先生ありがとうございます。夫に謝らなくちゃ」

「そうですね。仲直りしてください。……そうだ、マキアさん。リンさんとは職場も一緒でしたね。彼女は元気にしていますか?」

リンとマキアが学校でも寮でもべったり一緒だったことはタカハタもよく知っているだろう。マキアは微笑み、頷いた。

「はい、これから会いに行く予定なんです。タカハタ先生に会ったと伝えます」

マキアはタカハタに挨拶をして、ミドルスクールの門を出た。

歩みは軽く、駆け足になっていた。

電車に乗って四区に戻った。時間は早いけれど、職場近くの路上でリンが出てくるのを待つ。

日が傾き、辺りがオレンジ色に染まる頃、リンが工場から出てきた。残業でもしたのか、普段より遅い時刻だ。

「マキア、今日はどうしたの？　急に休んだもの」

マキアを見つけて朗らかに笑うリンの顔には、痛み止めテープが張り付いている。

一昨日《おととい》叩《たた》かれた頬はだいぶ腫れが引いたようだが、口の端は切れてまだ赤い。

マキアはリンの手を取り、隣の工場の空き地に引っ張っていく。リンは不思議そうな顔をしながら、おとなしくついてきた。

「リン、私と逃げよう」

振り返るなり、そう告げた。真剣なマキアの表情にリンがたじろいだ様子を見せた。

「マキア、どうしたの？」

リンが苦笑して、それから眉根を寄せた。マキアが本気であることは伝わっている。

「そんなことできない。逃げ場なんてないし、すぐに捕まる。ジョーはマキアを誘拐犯だっていうかもしれない」

「逃げ場は当てがある」

マキアは思いつめた瞳でリンを射抜く。

「私は今のほうが嫌。リンが好きだから、……リンとずっと一緒にいたいから、ここから出たい。この社会の仕組みの外へ」

「そんなの……」

マキアは思い切ってひざまずいた。リンの手を取り、額を押し当てる。

リンが驚いているのは気配でわかったが、かまわない。脳裏をよぎったのはいつか見た絵画の構図。少女を守るように寄り添う不思議な白馬の絵だ。あの絵はきっとけがれなく尊い一場面なのだろう。マキアは奇妙な納得を感じながら、神聖な誓いを唇に乗せた。

「愛してるの、リンを。この世界の誰よりも」

数瞬の沈黙。

額を離し、祈るような気持ちで見上げたリンの表情は、困惑で揺れていた。その様子に胸が引き絞られるほどの悲しみを覚えた。

「マキア……、私だってマキアといたい。だけど、この気持ちがマキアと同じかはわからないの」

リンは戸惑った様子で、その視線はうろうろとさまよっている。

「マキアが私に感じる気持ちと、私がマキアを大事に想う気持ちが重ならないなら、マキアとは行けない。行くべきじゃない」

マキアは首を左右に振った。それでもいい。最初から、リンの答えの想像はついていた。

「気持ちの種類を区別しなければ駄目？　リンがあの男じゃなく、私を選んでくれるなら、それで充分価値がある。同じ強さで想ってほしいなんて思わない。ただ一緒に生きてくれればいい」

「でも、私……」

「隣にいて、今までみたいに。……最期の瞬間まで」

リンの双眸《そうぼう》から堰《せき》を切ったように涙があふれだした。頬をぼろぼろと転がり、いくつかがマキアの頬に落ちた。それからしゃがみ込み、同じ目線で見つめてくる。潤んだ大きな青い瞳にはマキアが映っていた。

「本当に、全部全部捨てて、私を連れ出してくれる？」

「もちろんよ」

リンがくしゃくしゃに顔をゆがめて、マキアにしがみつく。その身体をぎゅっと抱きしめた。

「ありがとう、マキア」

リンは子どものように泣いていた。


決行日は慎重に選んだ。リンはジョーが会合で遅い日がいいと言い、マキアもその日はタモツが遅番であることを確認した。

決行日までの一週間、マキアはひっそりと荷造りをした。日々使うものを大きなカバンに詰めていく。携帯電話などは置いていくつもりだ。

まずはウエスト地区まで行こう。そこからは現地で聞き込みをし、〝トコヨ〟の集落を探す。タカハタの言う通りなら、〝トコヨ〟以外にもそういった集落は点在し、そのどれかにたどり着けるかもしれない。

タモツのことだけが少し気がかりだった。タモツはマキアが消えたと気づきどんな反応をするだろう。行政府と治安維持部隊に失踪届を出し、マキアを探すだろうか。

リンの夫に連絡を取り、妻の行方《ゆくえ》について情報交換をするだろうか。そういったことがないとも言い切れないので、書き置きなども残さないつもりだ。

心配なのは、タモツが〝トコヨ〟に思い至るのではという点だった。

マキアが消え親友のリンも消えたと知れば、タモツは自分が話した管理外の世界を逃走先だと疑うかもしれない。そして、その事実を行政府やジョーに話してしまったとしたら。

口留めをすべきだろうか。いや、危険だ。止められるに決まっているし、先手を打たれてしまう可能性もある。妻の逃走を幇助《ほうじょ》する夫などいない。

マキアは決行日まで、何食わぬ顔で過ごした。タモツがマキアの変化に気づく様子はなく、相変わらず気のあう友人と過ごすような気安い生活は続いた。

いよいよやってきたその日は朝からよく晴れていた。朝食に卵を焼き、パンとヨーグルトを準備する。タモツと囲む食事もこれが最後だ。

そしてタモツが淹れてくれるコーヒーも、これが最後。

「タモツ、昼頃に出るんだよね」

「ああ、マキアは今日サウス地区の友達のところに行くんだっけ」

「そう。もうすぐ出ちゃうから、鍵と火の元のチェックよろしくね」

いだけ。

荷物は昨日の時点で駅前のロッカーに預けてある。あとは身ひとつで出かければい

タモツはいつもの手順でコーヒーを淹れている。二ヶ月近くでずいぶん手慣れたその様子を、マキアはじっと見守った。

湯気をたてるマグがことんとマキアの目の前に置かれた。

「この前話した長命種の行商人、覚えてる？」

マキアはぎくりとしたが、おくびにも出さずに頷いた。

「うん、あちこち回って物を売り買いしている人でしょう」

「そのサンガさんがまた来たんだ。それで例の〝トコヨ〟って村の話をもう少し聞いた」

タモツは静かな口調で、いつも通りの無表情。何を考えているのかわからない。なぜ、今こんな話題を出すのだろう。

「ウエスト地区の最西端、二十二区に〝トコヨ〟の入り口があるそうだ。彼らの信仰に参加するためには洗礼って儀式が必要で、街はずれに住むメイヴって長命種の女性が案内してくれる。もちろん誰でも歓迎してくれるわけじゃないけれど、事情を聞いてくれるって。洗礼が済むと、正式に〝トコヨ〟から迎えがくる。ただサンガさんた

ち行商人は洗礼なしで、そのメイヴって人が通行証をくれるらしい」

「入り口とか洗礼とか……そんな情報をタモツに？　誰にでも教えてくれるものじゃないでしょう」

　マキアは平静を装いながらも、頭皮から汗がつたうのを感じていた。あまりにもタイミングが良すぎる。

　タモツはコーヒーを一口飲み、答えた。

「情報料を払って教えてもらった。確かな話だよ」

「え……どうして……」

　声が震える。マキアはすでに顔面蒼白《そうはく》となっていた。

　タモツがコーヒーマグをテーブルに置き、まっすぐにこちらを見た。琥珀色の瞳と視線がぶつかる。

「ウエスト地区までは電車がいい。車より足がつきづらいから。二十二区に行くには車になるけど、一区の繁華街にあるサビカワサービスっていう配車会社を頼るといいそうだ。お金がそれなりにかかる分、機密保持はしっかりしてるって。リンさんと行くんだろう？　ふたりとも現金をありったけ用意していくんだ」

「なんで、なんでタモツがそんなことを言うの？」

どうやってマキアの計画に気づいたのか。寝室からマキアの荷物がいくらか減ったせいだろうか。マキアの様子からだろうか。

「止めないの？」

「ああ」

「……どうしてこんな……手助けをしてくれるの？」

「そうだなあ」

タモツはため息をつくように言った。ダイニングチェアの背もたれに身体を預け、天井のシーリングファンを眺めている。

「たぶんマキアのこと、好きになりかけてるから。背中を押してやれるのは今だけだなって思った」

「タモツ……」

「好きな子には幸せになってほしいだろ。リンさんとじゃないとマキアが幸せになれないなら、見送るしかない」

タモツが柔らかな微笑を見せた。それは無表情だと自他ともに認める彼の最上級の笑顔で、マキアのための笑みだった。

「マキアと一緒に暮らして楽しかった。だけど、マキアがリンさんを見る目は熱くて真剣で、少し……うらやましかったよ」

「タモツ、タモツごめんなさい」

言葉とともに涙が滑り落ちた。しゃくりあげて泣くマキアに、立ち上がったタモツが歩み寄ってくる。

「泣かないでくれ、マキア。それに俺は問題ない。きみは失踪から一年で死亡扱い、俺は死別単身者になる。再婚仲介所では人気があるらしいから、きっとすぐに次のパートナーが見つかるさ」

わざと明るい口調で言うタモツに、マキアは席から立ちあがり抱きついた。それは家族の抱擁。わずかな時間でも互いを共有したふたりに生まれた絆《きずな》がそこにはあった。

「マキア、必ずたどり着けよ。そして幸せになってくれ」

「タモツ、あなたも幸せになって。本当にありがとう」

ふたりは固く抱き合い、それからそっと身体を離した。

彼と生きる道もマキアには確かにあったのだ。おそらく平穏な安寧の日々だっただろう。家族が増える喜びもきっと経験できたはずだ。

しかし、マキアはそれを捨てる。タモツの優しさに甘える格好になってしまうけれど、自分の心をごまかして生きることはできない。

「じゃあね、タモツ」

「気を付けて」

マキアはそれから間もなく家を出た。携帯電話と結婚指輪をタモツに渡して。


「リン！」

四区の駅前にリンは先に到着していた。コートを着て大きなカバンを持って、人待ち顔で立っている。マキアに呼ばれると振り向いて、花が咲くように破顔した。

「マキア、荷物はそれだけ？」

「ロッカーにあるわ。取ったらすぐに出ましょう」

「大丈夫よ。ジョーはもうとっくに出かけてしまったし、今日は遅いって言ったでしょう。私も友人のところへ泊まることになっているの」

リンはマキアよりよほど落ち着いている様子だ。どちらかといえば、いつものんきな調子が戻っているようにも見える。

「ふふ、わくわくする」

リンは少女のように笑い、マキアの腕に自身の腕を絡めてきた。

「こーら、行くわよ」

「うん」

ふたりはセントラル一区まで電車に乗り、ウエスト地区方面へ向かう高速列車に乗り継いだ。

一時間ほど乗ると列車はずいぶん空《す》いた。ウエスト地区との中間にあたる駅は工場が立ち並ぶ一帯で、就労者が朝と夕方に利用する以外は訪れる人も少ないようだった。平日日中は列車の本数自体も少ない。

ひとつふたつと駅を過ぎるうちに、気づけば車両にはマキアとリン以外誰もいなくなっていた。

「ウエスト地区に近づけばまた乗客が増えるかもね」

リンが車窓を眺めながらそう言った。横並びの席に腰掛け、がたんごとんという揺れに身を任せている。

「ついたら、すぐに繁華街にある配車会社を探すよ。今日中に二十二区まで移動したいわ」

「その村にたどり着ければ、私たち、ふたりで生きていけるのかな」

リンの言葉にマキアはしっかりと頷いた。マキア自身確証があるわけではないが、リンを不安にさせたくなかった。

いつ、この逃亡が露見するかわからない。リンの夫は血眼になって彼女を探すだろう。行政府にツテがあると考えれば、どんな捜索手段を取ってくるかもわからない。先が見えないからこそ、マキアは強くありたかった。

「リン、朝ごはん食べた？　昼食はパンか何か買おうかと思ってたんだけど」

「あ、うん。あんまりお腹空いてないから大丈夫」

リンは答え、しばし黙り、またマキアを見た。

「マキア、私たぶん妊娠してる」

お腹に触れそう告げるリンに、マキアは目を見開いた。自分たちの未来が不透明なタイミングでの妊娠。しかし、マキアはリンの手に自身の手を添え、迷うことなく言った。

「リンが産む赤ちゃん、私も一緒に育てていい？」

リンが目を細め、その目尻からぽろんと透明な涙がこぼれおちる。

「ありがとう、嬉しい。私とマキア、ふたりの子だから」

それからリンはカバンをごそごそと探り、小さな箱を取り出した。そこに入っていたのはシルバーのペアリングだ。

「お給料で買っちゃった」

恥ずかしそうに笑うリンの肩を抱き、マキアはこめかみにキスをした。指輪を互いの左手の薬指にはめた。中央の小さな青い石はリンの瞳の色に似ていた。

「あの日、未来を誓いたかったのはリンよ」

マキアが告げると、リンが肩に頭をもたせかけてくる。金色の髪がマキアの腕に垂れた。車窓からの日差しがリンの髪を白く透かし、それは夢のように綺麗な光景だった。

「もうずっと一緒だね、マキア」

リンがささやき、マキアは束《つか》の間《ま》目を閉じた。

「私たちは子どもを作らない」

トキオの大きな手を両手で包み、カナンは微笑《ほほえ》んだ。さみしくも誇らしい気持ちだった。ふたりの人生をかけた決断だからだ。

「ああ」

トキオが深く頷《うなず》く。いつもきっちりと整えられている黒い髪が今日は下ろされていて、頷いたときに彼の赤くなった目元を隠した。

「きみの命が尽きるまでふたりでいられたらそれでいい」

「約束してくださいね。最期の一瞬まで私から目をそらさないでいてくれるって」

カナンはトキオの大きな手の甲に頬を寄せ、ゆっくりと頬擦りした。

「私は幸せです。残りの人生全部をあなたにあげられるんだもの」

重たそうな鈍色《にびいろ》の雲から、ちらちらと小雪が舞い落ちる。湖面に落ちる頃には見えなくなるほどの小さな雪は、例年より半月以上も早い冬の便り。カナンは冷えてしまった互いの手を温めるようにさすった。

森を渡る風は冷たく、そう長くはこうしていられないだろう。

＊＊＊

ミドルスクール二年生というのは学生生活最後の一年になる。

年度頭の秋から冬にかけて就労先の希望を出し、春は締めくくりの試験がずらり。初夏には就労先とパートナーを知らせる通知がきて、夏の終わりにある卒業式と結婚式に向けて学生たちは準備を始める。忙しいが、成人としての未来が決まる時期なので、皆どこか心が浮き立っているように見える。

夏の盛り、二年生のカナンもまたこのあわただしい時期を迎えていた。しかし、浮かれていられない事情がある。カナンはまだ就労先も結婚相手もわからないのだ。同級生は皆、寮に個人宛で封書が届いた。しかしカナンには届かず、後日担任から調整中のため、もう少し待つようにと言われた。

これは珍しいケースのようだ。統一政府のマッチングシステムのエラーが原因ではないかと友人たちは噂《うわさ》し、カナンを心配したけれど、実際のところはわからない。それに、カナン本人はさして不安ではなかった。元来面白いことが好きなタチである。レアケースに遭遇したのはラッキーと言えるし、実際にパートナーと会ったらこのことを最初の会話のきっかけにしよう。そのくらいに考えていた。

しかし、卒業を十日後に控えた今なお、カナンに通知はこなかった。

さすがに少々行く末が不安になってきた。自分はこの先、どんな仕事をするのだろう。どんな男性と生活をともにし、子どもを産むのだろう。周囲の友人たちは写真でしか知らないパートナーについて、あれこれ想像し語り合っているというのに。自分はなんの心の準備もできないまま相手と会うことになる。

そもそもマッチングが不成立となってしまった可能性はないか。前代未聞だが、ここまで何も連絡がないならあり得ない話ではない。この結婚システムからあぶれたらどうなるのだろう。

(それはそれで、いいかもしれない)

考えに考えた末、そんな達観した気分にたどり着く。

この日、カナンは教室に居残って日誌を書いていた。夏の日は長く、夕方だがまだ外は明るい。さらさらとペンを走らせながら考える。それもいい。マッチングしないなら、独りで生きていく。仕事が決まらないのは困るけれど、それはいずれ見つかるだろう。

「カナーン」

呼ぶ声と廊下を駆けてくるあわただしい足音が聞こえ、教室のドアが開いた。レイカだ。プライマリースクールから寮は同室、クラスは隣の友人である。栗色《くりいろ》の髪をポニーテールにした彼女が走ると、後ろ髪が本物の馬のしっぽのように揺れ面白い。

「なに、レイカ」

「寮監が早めに監督室に来るようにって」

「それを伝えにきてくれたの？」

「うん。携帯が支給されたんだから使わせてくれたらいいのに、学内は持ち込み禁止なんてね。ねえねえ、きっと結婚相手の通知だよ。急いだほうがいいよ」

レイカのほうがそわそわと落ち着かない様子だ。いつまでも通知がこないカナンを心配しているのだろう。カナンは書き終えた日誌を手に立ち上がる。

「ありがとう。じゃあ、これを出したら寮に戻るね」

「私が出しておこうか？　……って、タカハタ先生に会える貴重なチャンスだね。ごめんごめん、教員室に寄ろうじゃないの」

一転、レイカが表情をにやにやとした笑顔に変えた。カナンは困って答えた。

「残念ながら、タカハタ先生は忙しいみたい。教員室のデスクに置いておくようにって言われてる。学年末だからね、色々あるんでしょ」

「あらあ、残念。こうして話せる機会もあと何度あるかって感じなのにね」

担任のタカハタは三十代前半の長命種だ。カナンの想《おも》い人でもある。レイカには昨年から恋心を勘づかれていて、ちょくちょくこうして冷やかされていた。しかしレイカの言う通り、タカハタと会う機会もあと何度あるかわからない。寮監が呼んでいる理由が、本当に職とパートナーの決定通知なら、カナンの未来は今日決まる。

ふたりは連れだって教員室に立ち寄り、タカハタのデスクに日誌を置いた。やはりタカハタは不在で、わかっていたとはいえ顔が見られなかったのを残念に思った。

昨年から、何度こうしてタカハタのデスクにやってきただろう。そうした日々ももうすぐ終わる。カナンは卒業し、学校を去る。初恋。胸がちりちりするようなこの感情がそうなら、それからも卒業すべきなのだろう。

レイカとともに校舎から出て寮を目指した。セントラル一区に建つこの学校及び寮は広い敷地を有している。女子寮は校舎から五分ほど歩かなければならない。今日は晴れているが、雨の日などは結構億劫《おっくう》だ。

「レイカは、彼とどうするの？」

カナンは隣を歩くレイカに尋ねた。彼、という単語でレイカは意味合いがわかったようだ。

「ニコロとの交際ね。ちゃんと解消して卒業するよ。仕方ないよね。最初からこうなるってわかってたんだし」

ニコロはレイカの恋人である。交際といっても半年ほど手紙を交換しただけの清い関係だけれど。

男子寮のニコロとは委員会の仕事で親しくなったとレイカは言っていた。レイカがニコロに恋をし、ふたりが心を通わせていく姿をカナンは近くで見ていた。

「ニコロったら、携帯電話の番号を交換しようって言うの。電話するし、メールもするって言うから『お互いのパートナーに見られたら誤解されるから駄目』って断ったの。そうしたら、手紙を書くなんて言うのよ。余計駄目だってわからないのかしら」

レイカは呆《あき》れたように嘆息し、その後ぼそりと付け足した。

「まあ、そういう純真なところも好きだったんだけど」

「レイカ、無理しないで」

「大丈夫。学生時代の初恋なんて、すぐに吹っ切るわよ。私のパートナー、イースト地区の駅員なのよ。顔は……ニコロほど格好よくはないけれど、人気職につけるんだから、きっと将来有望なんだわ」

「生活や老後に不自由しない人だね、きっと」

「カナンも失恋確定なのよね。……お互いしばらくはつらいかもしれないけど、頑張って幸せになりましょうね」

失恋確定。わかっていても、言葉にされるとその重みに心がずんと重くなる。

二年近く、担任のタカハタが好きだった。しかし、叶《かな》うはずもない恋だと最初からわかっていた。自由恋愛などないこの世界において、学生時代の初恋は実らない。若い男女の恋など叶うものではないのだ。

寮に戻り、レイカには先に部屋に戻ってもらった。監督室で寮監から手紙を渡された。その茶封筒には見覚えがある。数ヶ月前に、友人たちがもらっていたものだ。

「開けていいですよ」

寮監に促され、カナンはその場で借りたペーパーナイフで封を切った。

一枚目の用紙は就労先の決定通知で、セントラル四区にある公営の印刷所の名前が記されていた。本当は学校の図書館司書になりたくて希望を書いたのだが、駄目だったようだ。書籍に関わる印刷所というのは、せめてもの配慮だろうか。どちらにせよ、居住地はセントラル地区のようだ。

　パートナーの名が記された二枚目の通知は一回り小さい封筒に入っていた。封筒を取り出し開く。

「え……」

　カナンは言葉を失い、立ち尽くした。

『タカハタトキオ』

　パートナーの名はそうある。そして、添付された写真に写っているのはまぎれもなく担任のタカハタだった。

　意味がわからなかった。頭がくらくらして、立っているのがやっと。タカハタが夫となる……彼はそれをすでに知っているのだろうか。知っているとしたらいつから知っていたのだろうか。

「疑問は担任へ、と聞いています」

　寮監の女性は感情のこもらない声音で言った。彼女が言伝《ことづて》だけを頼まれているのか、タカハタがカナンのパートナーになるとわかっているのか、彼女の様子からは判断できない。

「まだ、教員室にいらっしゃるのではないですか？」

その言葉に頷き、カナンは元来た道を取って返した。走ってミドルスクールの校舎を目指す。ほんの十分前、レイカと並んで入った教員室、タカハタはデスクに戻っていた。ちょうど、カナンの置いた日誌を広げているところだった。

「先生……！」

カナンの声に、タカハタが振り向く。カナンの手にある茶封筒を見て察しがついたようだ。立ち上がって、カナンを促す。

「こちらへ。少し話をしましょう。カナンさん」

タカハタに伴われ入ったのは、隣の生徒指導室だった。といっても、生徒指導で使われているところはあまり見たことがなく、もっぱら教員たちの休憩室として使われている場所だ。ソファとテーブルが置かれ、客間のような内装になっていた。カナンは言われるままにソファに腰掛ける。テーブルを挟んで向かいにタカハタが座った。

「封筒の中身は確認済ですね」

「あの……私はタカハタ先生と……結婚するということですか？」

「驚かれたでしょうし、不満もあるかもしれません。しかし、通知の通りです」

タカハタは抑揚のない声音で言う。普段の授業中もこういった雰囲気で、お世辞にも気さくなタイプではないが、今日は格別に硬い表情に見えた。

「不満では……ないです」

カナンは震える声で応えた。想い人と夫婦になれる人間など、この世界にはほぼいない。それが叶う。この気持ちをタカハタが知っているとは思えないが、あからさまに嬉《うれ》しいと言うのは恥ずかしく、一方で不本意だとも思われたくなかった。カナンは言葉に詰まり、もじもじと下を向いた。

「同級生には話しても話さなくてもいいです。僕は初婚でもないですし、相手が相手ですから、気まずいようなら黙っておくといいと思います」

向かいの席のタカハタは、事務的に続ける。パートナーがいないのは、噂で聞いたことがあった。相手を早くに亡くしているらしい。

「仕事で結婚式には参加できません。その点は申し訳なく思っています。カナンさんはドレスなどのレンタルは申請していましたか？」

「いえ……どこの地区に行くかもわからなかったので、その……相手も同じ状況なら準備はできないだろうと、結婚式についてはあきらめていました」

「きみが希望するなら、後日写真撮影だけでもしましょう。考えておいてください」

「はい」

タカハタがテーブルにことりと音をたてて置いたのは鉄製の鍵だ。

「僕の自宅の鍵です。新生活は僕の家で送ることになります。卒業式の翌日に迎えの車をやりますので、荷物をまとめておいてください」

タカハタの説明は最後まで感情の見えないものだった。カナンはまだ夢のような出来事に混乱していて、頷くだけで精一杯だった。

ミドルスクールの担任と生徒。それがタカハタとカナンの出会いだった。

最初の印象は単純に『おとなしそうな長命種の男性』というもの。次に彼の真っ黒な髪と瞳が素敵だなと思った。黒髪の者は周囲に多いが、タカハタの黒は漆黒に近い黒だった。瞳の色も焦げ茶色などではなく真っ黒だった。その虹彩《こうさい》はとても綺麗《きれい》だった。たとえばカラスの羽の輝きや、甲虫《こうちゅう》の背の艶々した質感。そういった自然の中にある美に似ていた。カナンは自身の飴色《あめいろ》の髪と瞳を鏡で見ては、タカハタのような黒い髪と瞳に憧れた。

カナンは知的好奇心が旺盛な生徒だった。プライマリースクールの頃から図書館の常連で読書家である。教師にありとあらゆることを質問するので、授業中は質問が禁止されたくらいだ。休み時間か放課後に教師に質問に行くのが、カナンの習慣となった。

ミドルスクールでも、カナンは同じように気になることはなんでも聞きに行った。質問は授業の内容だけではなく、日常生活の些細な疑問から、地理に歴史、自然や医学の分野まで多岐にわたった。タカハタはそれらに丁寧に答えた。プライマリースクールで出会ったどの教師たちよりも詳しい説明と回答だった。

長命種は一般人とは違う教育を受けるそうで、タカハタは深い知識を持っていた。カナンが尋ねれば必ず納得いく返事がくる。そうすれば、カナンはもっと質問がしたくなる。カナンの好奇心と知識欲は、タカハタと過ごすことで満たされ、より深まった。

『カナンさんは知りたいことがたくさんあるんですね』

タカハタはそう笑った。一年時の冬、出会ってふた月という頃だった。あまりに毎日質問にやってくるカナンは、タカハタにとっても多少気安い存在になっていたのかもしれない。

『はい。本当はもっと何年も勉強をしたいくらいです』

笑ったタカハタは、普段の何倍も親しみやすい表情をしていた。カナンはなぜか胸がどきどきしていた。担任のこんな表情を、きっとクラスメイトたちは知らない。

『就労先も悩んでいます。興味関心が取っ散らかってしまって、どんな仕事を希望したらいいんだろうって』

『きみが多くを学び、本当に心惹《ひ》かれる仕事を選ぶためには、人の何倍も時間が必要なのかもしれません』

『そう考えたら、二十五年の平均寿命って、短いですねえ』

カナンの言葉に、タカハタは数瞬言葉を探して黙った。それから困ったように眉を下げ、微笑んだ。

『僕の命を、少し分けてあげられたらいいのですが』

鼓動が優しい音をたてる。それが恋の始まりだったなら、きっとそうなのだ。好感だけだった感情は徐々に熱を帯び、やがて眩《まばゆ》いほどきらめいた気持ちがあふれる。

一方でそれは、叶わないと最初から決まっていた恋だった。

カナンはミドルスクールを卒業すれば、社会に出る。そして決められた相手と結婚し、子どもを産む。誰にでも用意された当たり前の道をたどる。

カナンの内側に生まれた甘く優しい思慕は、いずれ葬らなければならない。それでも、こんなあたたかな感情を知ることができてカナンは嬉しかった。恋は素敵だ。その人に会いたいから毎日が楽しみで、その人と会えただけで一日が幸福につつまれる。

初恋を知ったことは、カナンの好奇心において一番の収穫だった。

まさか、その初恋が叶う未来が待っているなど、誰が想像できただろう。

残りの学生生活は瞬く間に過ぎていった。卒業式を終え、翌日は同級生の結婚式。セントラル地区以外の居住となる友人たちは、早朝に電車や大型バスで移動していった。今夜はこの寮に戻り、明日には引っ越しとなるそうだ。

カナンは一日早く寮を出る。仲のよかった友人たちとはすでに別れを済ませた。カナンは自身の結婚について『長命種の後妻に決まった』とだけ伝えた。住むところなどは決まり次第連絡すると言葉をにごしておいた。親友のレイカすら、カナンの片想いが報われたことを知らない。タカハタはどちらでもいいと言っていたけれど、カナンが周囲に話せば、彼が好奇の目にさらされるのは間違いない。タカハタに迷惑がかかるのは嫌だった。

迎えの車は午前中にやってきた。カナンは少ない私物とともに車に乗りこむ。目的地はセントラル十区だそうだ。

行政機能の集中した一区から三区、工場と住宅が立ち並ぶ四区から七区、繁華街や市場のある八区と九区。そこを過ぎるとセントラル地区もいっきにのどかになる。十区の駅前は家族住宅や大規模な工場がいくつかあるだけで、駅周辺を通り過ぎると木立と古い戸建てが点在するさびれた風景になった。カナンを運ぶ車が向かったのは丘の上の戸建てだった。周囲はぐるりと森に囲まれ、曲がりくねった道が一本あるだけ。

「ここがタカハタ先生の家……」

昼過ぎなのに、うっそうと茂った木々で周囲は暗く静まり返っている。渡された鍵で中に入ると、室内はさらにひんやりとした空気に包まれていた。一階は物置のようで、階段で二階にあがるとリビングダイニングがあった。

「お邪魔します」

誰もいないというのに、つい呟《つぶや》いてしまった。

現代的なキッチンとダイニングセットは、古い家屋には不似合いで後から取り付けられたものだと思われた。

部屋の奥にはチョコレート色のローテーブルとソファ、オットマンがあり、暖炉もあった。暖炉は使ってはいないようだったが、綺麗に掃除されている。絵本で見るような世界に、カナンは頬を緩めた。心細い場所にたどり着いた気がしていたが、その一角はカナンの好みにぴったりと合っていた。

「先生、この家から通勤していたのね」

職場がセントラル地区のミドルスクールなのだから、通勤には時間がかかるはずだ。

十区の駅までもかなり歩かなければならないし、見た限り近くにマーケットもない。近所づきあいができるような場所でもなさそうだ。

先日、鍵を渡されたときのタカハタの顔が浮かぶ。普段はもっと話しやすく親しみやすいタカハタに、距離を置かれたような気分だった。よそよそしい結婚の挨拶。あの瞬間は混乱が勝ったが、時間が経《た》ってみれば少し寂しさを覚えた。

「そりゃそうだよね。教え子が妻だなんて」

長命種の婚姻について詳しくは知らないが、おそらくはタカハタも結婚を指示され、なんの因果かカナンがマッチングされたのだろう。教え子が相手なんて気まずいに違いない。

「だけど、私には人生最高の幸運」

カナンは荷物をソファに置き、うんと伸びをした。叶わない初恋が叶った。これからタカハタと夫婦として暮らす。時間をかければきっと自然な関係が築けるに違いない。

緊張感がほどけたせいか、そのままソファで寝入ってしまった。

物音で目を開けると、ソファで眠ってしまったことと、その物音がタカハタがキッチンでたてているものだと気づいた。

「先生、すみません！　眠ってしまいました！」

「いえ、いいんですよ」

タカハタは冷蔵庫に食材をしまっているようで、こちらには背を向けている。

「お腹《なか》が空《す》いたでしょう。夕食を作ります」

「先生に作ってもらうなんて悪いです」

「でも、カナンさんは実習くらいしか調理経験がないでしょう。このあたりはマーケットも駅前にひとつしかないので、ミールセットなども調達しづらいんですよ」

振り向いたタカハタはほぼ無表情だった。カナンは息を呑《の》む。こちらには入ってくるなと言わんばかりの冷たい雰囲気を感じ取った。

「座っていてください」

「い、え。手伝います」

カナンは負けじと言い、立ち上がった。

タカハタはジャケットを脱ぐとキッチンに立ち、食事の準備を始めた。手伝うと言い張ったものの、何をしたらいいかわからない。うろうろと様子をうかがっていると、見兼ねたのかタカハタがレタスを丸ごと手渡してきた。

「葉をむいて、洗ってちぎってください。サラダにします」

「あの、先生」

「先生というのはやめませんか。きみと僕は今日から夫婦です」

夫婦。タカハタの冷たい空気に臆していたが、一応彼もそうは思ってくれているようだ。カナンはわざと明るい声で尋ねた。

「そ、そうですね。えっと、なんと呼べばいいですか？」

「僕の通称はファミリーネームのタカハタです。妹や前の妻は、ファーストネームのトキオで呼んでいました」

「じゃあ、トキオさんと呼びます」

タカハタがこちらを向いた。帰ってきてから、ようやく目が合った。

「僕はきみの倍くらい年上でしたね。呼び捨てはしづらいですか」

「しづらいです……。先生でしたし」

「わかりました。僕はきみをカナンと呼びます」

逆に呼び捨てにされ、カナンの心臓が大きな音をたてた。どの生徒に対しても呼び捨てにせず、丁寧に接していたタカハタが自分の名前を呼んでいる。そのことに驚くほど喜びを感じた。

「はい、そう呼んでください。トキオさん」
「……夕食が済んだら、家を案内します。わからないことはなんでも聞いてくださ
い」
「あ、はい。質問は得意なので」
「そうでしたね」
タカハタが少しだけ頬を緩めた。あのミドルスクールで、カナンほど質問に来た生
徒は他にいなかっただろう。
しかし、タカハタの顔はそれ以上緩むことはなかった。
夕食の後、カナンは家中を案内してもらった。この三階建ての家はタカハタが購入
した中古住宅だそうだ。一階は物置、二階にはメインルームと寝室がふたつ。三階は
サンルームと書斎。サンルームには大きな天窓があり、森にあるこの家の中で一番太
陽光が差し込むそうだ。
「洗濯物はサンルームに干します」
タカハタ——トキオはそう言った。カナンは頷く。
「はい。家事もどんどん覚えますね」

「きみも仕事があります。ここから四区に通うのも、それなりに時間がかかる。無理はしなくていいんです」

名前を呼び捨てにすると言いながら、その後はまったくカナンの名を呼ばず、口調も教師と生徒のままだった。

家の案内を終えると、トキオは三階の書斎にこもってしまった。仕事をしているのだろうか。カナンはシャワーを浴び、携帯電話にきたレイカからのメッセージに返信をした。それから手持無沙汰にソファに座り込む。

どうしよう。寝室はトキオと別だと言われた。夫婦の営みをするには、どちらかの部屋に行かなければならない。覚悟はできているつもりである。

カナンからすれば好きな相手であり、愛の行為と考えればけっして嫌ではない。ただ想像もしてこなかったので、恥ずかしく戸惑うのだ。まだ彼を教師として見ている自分がいる。

そんなカナンの葛藤の一方で、いつまで経ってもトキオは二階に降りてこなかった。やがてカナンは待つのをやめて与えられた寝室に入った。仕事の邪魔をすべきではない。最初の晩だから、そっとしておいてくれているとも考えられる。

ふと思った。教師と生徒として、放課後に話していたときのほうが、もっと気安く打ち解けたムードだったのではないだろうか。結婚の挨拶のときも、今日も、トキオはあまり目を合わせず、事務的な言動しかしない。

「やっぱり、結婚、嫌だったのかな」

呟いてみて、すぐに打ち消すように首を左右に振った。

いずれ夫婦として触れ合うことになる。焦るまい。カナンは自身にそう言い聞かせ、糊《のり》のきいたシーツに身体《からだ》を沈み込ませた。昼寝をしてしまったというのに、眠りはあっさりと訪れ、朝まで起きることはなかった。


翌朝、カナンはまた物音で目覚めた。寝室を出ると、トキオが朝食の仕度をしている。

「せ……トキオさん、すみません」

先生と呼ぼうとして慌てて言い直す。口にして、恥ずかしくて頬が熱くなるのを感じた。

「昨日も言ったけれど、家事は僕のほうが慣れています。きみは無理しなくていいし、その気があるなら徐々に覚えてください。できることが増えたら、分担しましょう」

トキオはあっという間に食卓を整え、素早く食べるとひとりで出勤していった。一方、カナンの初出勤は明日なので、今日は一日暇だった。

食事の後片付けをし、サンルームに上るとすでに洗濯物が干してあった。掃除用具の場所は聞いていたので、家中を掃き、午後は外に出た。駅前を散策し、マーケットや薬局の場所を確認する。電車とバスが主要な交通手段なのは一区と変わらないが、おそらくは一区より本数が少ないだろう。

曇り空。まだ暑い日も多い時期だが、一区より二、三度気温が低いように感じられる。森の中のせいか、昨晩は肌寒かった。

さびれた道をカナンは周囲を見渡しながら歩いた。十区から十三区は大規模な耕作地があると授業で習っていた。しかし駅から歩ける範囲は空き地や小さな畑があるだけだ。稲作や畑作をしているのはもう少し郊外かもしれない。一区と比べればさみしい田舎だが、新天地と思えば悪くはない気がした。

好きな人と暮らせる。それに勝る幸福はない。

その晩トキオの帰宅は遅く、カナンは先に眠ってしまった。夫婦の営みは二日目も機会が訪れず、明日はカナンの初出勤の日だった。

翌朝、電車に乗り四区の印刷所に向かった。今日からここが職場となる。学校のテキストや文芸書を印刷する公営の工場だと聞いている。図書館司書にはなれなかったが、好きな本に囲まれて仕事ができるのはありがたいことだ。他の新人に交じって印刷所内を案内され、早速全体研修が始まった。一日は大きな問題もなく過ぎていった。

退勤後電車に乗り、十区に戻る。なるほど、電車通勤というのはちょっと手間だ。学生時代は広いとはいえ同じ敷地内に寮があった。ベッドまであっという間だ。今は自宅のソファに座るまでに、電車と徒歩でそれなりに時間がかかる。トキオはセントラル一区まで通勤しているのでもっと時間がかかる。何年もこうして通勤し、家事もひとりでこなしていたのだろう。前妻がいた頃もそうしていたのだろうか。

そんなことを考えながら、カナンは電車を降りた。改札を抜けたところで、買い物袋を下げたトキオの姿が見えた。ちょうどマーケットで買い物をしたあとのようだ。

「トキオさん」

カナンが駆け寄り、トキオが振り返った。

「おかえりなさい。職場はどうでしたか？」

「問題なしです。難しいこともないですし、頑張って仕事を覚えます」

「そうですか。僕はまた一年生の担任です」

「ふふ、新しいクラスはどうですか？」

トキオはかすかに微笑んだ。

「きみたちの代よりおとなしそうですよ」

心外だと言おうと思い、確かにカナンのクラスは元気な女子が多かったなと考える。お喋《しゃべ》りで明るくて、そんな女子生徒たちに、トキオは押されっぱなしのように見えた。

「きみみたいな質問魔もいませんし」

「質問魔ってひどいですねえ。だって、知らないことは知りたくなるじゃないですか」

「遺跡、動物、天候、旧世界……。あまりに多岐にわたるので、僕はきみが次に何を尋ねにくるかと戦々恐々でした」

「全部に答えてくれたじゃないですか。長命種はなんでも知っているって本当なんだなあって思いました」

「学ぶ時間が多いですからね」

そう答えたトキオの横顔は静かだった。何を思っているのか、カナンにはわからない。しかし、今のやりとりは在学中の雰囲気に近かったように思えた。今なら、以前のように仲良く会話できるのではないだろうか。気持ちを伝えやすいのではないだろうか。

「最初は純粋に知的好奇心を満たすために、トキオさんのところへ押しかけていました」

カナンは思い切って口にする。トキオの表情の変化を見逃すまいと、横顔をじっと見つめながら。

「でも途中からは……トキオさんと話がしたくて質問に行っていました」

口から心臓が飛び出そうだと思った。ここまで明確に気持ちを言葉にしたのは初めてだ。トキオはどう思っただろうか。

しかし、トキオはわずかに黙ったあと、小さく「そうですか」と答えただけだった。

食後、トキオはまた書斎にこもってしまった。すぐそばにいるのに、学生時代のように質問をしにいくこともできない。カナンはリビングのソファでぼんやりと夜のひとときを過ごす。引っ越しに就労。新しいことが始まり、疲れているはずなのに、気持ちが重く休めずにいる。

決死の告白のつもりだった。以前のような優しい空気が流れたからチャンスだと思ったのだ。あなたに好意を持っていたというカナンの言葉は、過《あやま》たずトキオに届いていたはず。それなのに、トキオはそれを受け流した。興味がないと言わんばかりの態度には、さすがのカナンも傷ついた。普通に振る舞っていたけれど、心はずっと重たくちくちく痛む。

ふと、リビングの本棚が目に留まる。小さな棚だが、小説や雑誌などが並んでいて、どの本も自由に読んでいいと言われた。

「どうせ眠れそうもないし」

カナンは床に直《じか》に座り、棚を物色し始めた。小説など、興味をひかれたものを数冊取り出して床に積む。

ふと、一番端に背表紙に文字が印刷されていない本を見つけた。取り出してみるとそれはアルバムだった。どれでも見ていいはず。一瞬迷ったものの、カナンはアルバムを開いた。

アルバムは表紙こそ厚くビロード張りで立派だが、中はスカスカだった。数枚の写真はトキオの子ども時代。小さな女の子と写ったものだ。大人の女性の写真も一枚ある。女の子と大人の女性はトキオと同じ黒髪。女の子はどことなく顔立ちも似ている。互いの呼び方について話したとき、妹がいると言っていたけれど、この子だろうか。

「長命種って、家族と一緒に暮らすものなのかな」

それから時代が進み、大人になったトキオの姿が一枚あった。トキオは今より十歳ほど若いように見えた。隣に写る妹と思《おぼ》しき女性は、漆黒の髪に暗色の瞳をし、いっそうトキオと似た容姿に成長していた。ふたりとも白衣を着ていて、背景は何かの施設内のようだった。一緒に育ったようだし、彼女も長命種なのだろうか。今はどこで暮らしているのだろう。

最後のページを開くとはらりと一枚の写真が落ちてきた。ただ挟んでいただけのその写真を見て、どきりと心臓が嫌な音をたてた。

ウェーブのかかったプラチナブロンドの女性が、ウエディングドレス姿でトキオと並んでいた。トキオもタキシードを着ている。結婚式の写真だ。

「前の奥さん……」

間違いない。死別したという前妻の写真だろう。写真のふたりは照れたように笑っている。前妻の女性は肌の白い人で、そばかすが笑顔をよりチャーミングに見せていた。

「まだ愛してるのかな」

別々の寝室、よそよそしい口調、流されてしまった告白。

彼からすればカナンは子ども。ほんの数日前まで生徒だった少女を、急に妻扱いするのはもちろん、性的な対象として見ることもできないに違いない。

しかし、彼の心に他の女性が住んでいたらどうだろう。どれほど待っても、カナンに居場所は与えられないのではなかろうか。

好きな人と夫婦になれた自分は世界で一番幸福なはずだった。それなのに、これほど虚《むな》しく寂しい気持ちでいるなんて。新婚生活三日目の夜はそうして過ぎていった。


新生活が始まり、ひと月半が経った。カナンの毎日は四区の職場と十区の自宅の往復だった。

印刷所では製本グループに配属された。単純作業が多い反面、専門的な知識が必要な作業も多く、それらは先輩から詳細に習った。出版社との折衝や、機械のメンテナンス業者とのやりとりなどは別の部署が担い、経験を積めばそういった仕事もできると言われた。

同僚たちは皆親切だ。一日の多くの時間を費やす仕事において、不便や嫌なことがないのは助かる。

ただ常に人員不足で忙しいのは難点だった。女性ばかりのグループにいるせいか、このひと月半で産休に入った者がふたり。来月と再来月《さ》も産休予定者がいて、他にもお腹が大きくなり始めている同僚が数名いる。復帰してくる同僚も多いそうだが、やはり人の入れ替わりが追い付かず、人手不足になりやすいとグループのリーダーは言っていた。彼女は二十三歳で、三回の出産を経験し、あとは身体の自由が利くかぎりこのポジションで働くそうだ。

社会に出てみて、女性の生活には妊娠と出産が切り離せないのだとあらためて感じる。出産と半年の育児期間によるキャリアの中断により、元のポジションに戻れなかったり、希望通りのキャリア形成ができない女性も多いようだ。中断がない男性のほうが要職につきやすいのが実状だった。

子どもを産めば産むほど褒められるのと同じように、仕事を頑張れば頑張るほど褒められたっていいはずなのに。

一方で、カナンはかすかな焦りも感じていた。カナンとトキオの間に性的な交渉は一度もない。生殖の重要性をあれほど教育されてきたというのに、彼の手にすら触れたことがない。

トキオとの生活は穏やかなものだ。朝晩は一緒に食事をとり、軽く会話をする。カナンは少しずつ家事に慣れ、トキオがやっていた料理や洗濯を手伝うようになった。しかし、トキオは食事や家事をする時以外は書斎にこもって仕事をしている。長命種の彼は、他の教員より責任が重く、やることも多いのだろう。しかし、ともに暮らしていながら最低限しか顔を合わせない生活は、避けられているようでつらいものがあった。

寝室も別で、互いの就寝時間すらわからないので、行為に誘うようなこともできない。そもそも未経験のカナンにはハードルが高すぎて、自ら誘うなど土台無理な話だった。

それでも、子どもを作らなければならない。夫婦は妊娠出産に励むべきだと、トキオだって学校で教えていたではないか。その本人が子を生《な》す気がないとはどういうことだろう。

やはり彼の心には忘れられない女性がいるのだろうか。

「カナン、カナンか？」

その日、印刷所を出たところで声をかけられた。作業着姿の男性は、アレクシスというミドルスクールの同級生だった。

男子は別のクラスだが、合同授業も多少ある。アレクシスとは一年時、社会学の発表で同じ班だった。

「アレクシス、久しぶり。こんなところで会うなんて」

「やっぱりカナンだ。おまえがどこに引っ越したか、誰も知らないもんだからさ。噂じゃ、金持ちの長命種の後妻になったって」

数名の友人に話した内容は噂としてアレクシスのところまで流れていたようだ。他にカナンのように相手が決まらない者はいなかったし、噂になるのもわからないではない。やはり、トキオの名を出さなくてよかったと思った。

「お金持ちというか普通の人だけど、夫は長命種よ。今は十区に住んでいて、この印刷所が職場」

アレクシスは男子たちの中でも中心的な存在だった。明るくやんちゃ。声が大きく、いつだって周囲には友人たちがあふれていた。班発表のときも積極的で、図書館や空き教室での資料作りを仕切ってくれた。

「十区って結構遠いな。俺は印刷機械のメーカー勤め。おまえンとこの印刷機械もうちの機械だよ。希望通りメンテナンスの部署に入れてさ。これからも先輩についてちょくちょくここに来るから」

「そうなんだ。希望の部署でよかったね。私も知り合いに会えるのは嬉しいな」

「今日、これから暇か？　コーヒーでも飲んで帰らない？」

突然の誘いに、カナンは一瞬迷った。しかし、互いにパートナーがいる男女が仕事以外で会うのは憚《はばか》られる。

「ごめんね。夫と食事の約束があるから」

「外食？　へえ、やっぱりリッチじゃん、旦那」

単純に感心しているというより、少し皮肉げな言い方だった。カナンはそれを笑顔で聞き流し、片手をあげた。

「アレクシス、会えてよかった。またね」

「あ、じゃあ今度は昼飯に誘うよ。仕事の合間ならいいだろ？」

距離を取ったのは悟られていたらしい。カナンは曖昧に笑って、頷いた。


帰宅するとすっかり日が暮れていた。秋も深まり、日が落ちるのが早くなったとはいえ、森の中のこの家は余計に闇夜が迫るのが早い気がする。

キッチンではトキオが夕食を作っていた。学生時代、教師のトキオは遅くまで学校にいるようだった。この時間に家にいるのは、おそらくカナンへの気遣いだろう。仕事を持ち帰り、早く切り上げ帰宅しているのだ。家族として配慮されているのは間違いないだろう。

「ただいま帰りました。トキオさん、夕食作り手伝います」

「カナン、おかえり。それじゃあ、サラダを頼みます。豆とレタスの」

「トキオさんは豆のサラダが好きですねえ。私も好きですけど」

「美味《おい》しいでしょう？」

仲のよさそうな会話ではあるが、呼ばれ方以外は口調も距離もやはり教師と生徒のまま。夫婦間の親しさではない。

「さっき、職場の近くでミドルスクールの同級生に会いました。男子クラスの子です。トキオさんも数学を受け持ったことがあるんじゃないかしら」

「へえ、誰ですかね」

「アレクシスです。男子Aクラスの。私は班発表で一緒だったことがあって」

「ああ、あの声が大きくて陽気な男子ですね。今は？」

「うちにある印刷機械のメーカーに勤めているそうです。偶然だけど、久しぶりに知り合いに会えて懐かしかったですよ」

トキオは肉をソテーしている。しばし黙ってから口を開いた。

「四区には、きみのクラスメイトも何人か働いています。マキアさんとかね。彼女たちと連絡を取って、帰り道に食事したりしてもいいんですよ」

カナンは首をかしげ、それから笑顔を作った。

「マキアだって、旦那さんとの生活がありますよ。私も、夕食はトキオさんと食べたいし」

「僕にあまり気を遣わなくてもいいということです」

素っ気なく言いきり、トキオは肉をトングでひっくり返す。横顔は少し冷たく見えた。カナンは言葉を探して、あ、と思いつく。

「あの、そこの本棚の上、今度ミドルスクール時代の写真を飾ってもいいですか?」

「……ああ、いいですよ」

「えっと、見てもいいって言うので、アルバムを見てしまったんですけど……。トキオさんも、妹さんや前の奥様の写真を飾るのはどうですか?」

無神経だろうか。しかし、こういった機会に話題に出すなら自然に聞けるのではないかとも思った。彼の家族のことが、カナンはやはり気になる。

「やめておきます。そういい思い出ばかりでもないから。妹も前の妻も、もう亡くなっていますし」

トキオは焼きあがった肉を皿に盛り、食卓へ運んでいく。カナンも盛り付けたサラダを手に、追いかけた。

「妹、サクラコというんだけれど、彼女は病気で亡くなってしまったんです。二十一歳でした」

「あの……妹さんが亡くなっていたとは知らなくて。ごめんなさい。……ご一緒に育ったみたいだから、長命種なのかと思って」

「ええ、一緒に育ちましたよ。彼女も長命種でしたから。母が亡くなって、セントラル一区の研究施設内で教育を受けました。成人してから彼女が亡くなるまで研究施設でともに職員をしていたんです」

食卓につき、トキオはなんの感慨も含まない声音で話を続ける。手はフォークとナイフで肉を切り分ける作業に忙しく、視線はこちらを向かない。

「ゾフィーア、前の妻はもっと若く亡くなりました。僕が十八、彼女が十五で結婚して――」

「十八歳……」

「ああ、長命種にはよくあることですよ。遺伝子的に相性のいいパートナーが見つかるまでマッチングが遅れるというのは。ゾフィーアは結婚から二年後に十七歳で亡くなりました」

前妻と妹の死を、トキオは淡々と短い言葉で語った。感情がこもらない分、カナンは罪悪感を覚えた。おそらく、感傷的な言葉を封じ、平静を装っているのだろう。そんなふうに見えた。

「妻も妹も、写真を飾って懐かしむような存在じゃないんです。僕が冷たい人間なのでしょうが、亡くなってずいぶん経つともう普段は忘れていることも多いですよ」

「……時間が経てば、大事な人を亡くした悲しみは癒えますか？」

「どうでしょう。そうなんじゃないですかね。長命種なんて、皆そうしないと生きていけない」

そう答え、夕食を食べ進めるトキオ。カナンは手が動かないまま、黙って夫を見ていた。

トキオの傷口はちっとも癒えていないように見えた。言葉とは裏腹にまだ痛むのだろう。それなのに過去を語らせてしまった。写真を飾るなどというのはやはり無神経だった。いや、家族について詮索したこと自体が無神経だったのだ。カナンは自分の写真も飾るのはやめようと決めた。

再会して以降、カナンは度々アレクシスと会うようになった。カナンの職場の担当は他にもいるはずなので、彼自身が率先してここに来ているとしか思えない。週一回以上は顔を見る。その都度食事に誘われるが、カナンは固辞していた。せいぜい、従業員用の安価なコーヒーを紙カップで渡し、休憩スペースで数分世間話をする程度だった。

自意識過剰な態度は取りたくないが、パートナー以外の異性とは適切な距離を取るべきだと教育されたし、カナン自身もそうすべきだと思う。

アレクシスはミドルスクール時代の懐かしさや、生来の陽気な心でカナンに接しているのだろう。お互い新しい環境に飛び込んだばかり。昔馴染《なじ》みの存在は嬉しいに違いない。

一方で、カナンはアレクシスとのことを同僚に誤解されたくはなかったし、万が一にも妙な噂がトキオの耳に入るようなことは避けたかった。好きな相手に誤解されたくはない。そして、その時にトキオがカナンの浮ついた態度を責めなければ、余計に悲しい。

しかし、この日もカナンは退勤後にアレクシスに呼び止められた。仕方なく休憩室でコーヒーを振る舞い、立ったまま少しだけ話す。再会からひと月ほどが経っていた。

「カナンは旦那とうまくいってるのか？」

会話の弾みで、だしぬけに尋ねられた。カナンは返答に困り曖昧に頷く。

「まあまあ……だよ」

「その感じだと、うまくいってないだろう。俺、わかっちゃうんだよな、そういうの」

　いたずらっぽく茶化した言葉にカナンはむっとした。

「夫は私よりずっと年上で、博識な大人なの。私が子どもっぽいのがいけないんだと思う」

「ふうん」

　アレクシスは納得しているのかしていないのかわからない口調で相槌《あいづち》を打ち、ややして言った。

「俺はうまくいってないよ、妻と」

「え？」

「あいつ、たぶん地元に好きな男がいる。そんで、まだ連絡取り合ってるんだ。しょっちゅう携帯をこそこそ見てる」

　いつも明るかったアレクシスの表情が、一転暗くよどんだ。彼の手の中で空になった紙コップがぐしゃりとつぶれる。

「そんな。それだけで決めつけるのはよくないよ」

「でも見てりゃわかるだろ。こっちに興味がないのなんて」

　カナンは下唇を噛《か》み締めた。痛い言葉だった。自分とて同じ立場で、否定はできない。

「そりゃ、俺だってあいつのことが好きで好きでたまらないってわけじゃない。でも、夫婦なんだから、好きになる努力はすべきだろ？　それなのにあいつ……。そのうち、あいつが妊娠したって、俺はそれが俺の子かどうかずっと疑い続けるんだよ」

「アレクシス、そんなふうに考えるのは……」

「ミドルスクール時代、俺がカナンのこと好きだったって気づいてた？」

突然矛先が変わり、カナンは驚いてアレクシスの顔を見やった。アレクシスは苦笑いでこちらを見ていた。視線が意図せず絡む。

「班発表のときから。カナンの明るくて探求心が強いところが好きだった。飴みたいにとろっと濃い色の髪と目も、笑った顔も可愛いなって思ってた」

「そう……だったんだ」

ミドルスクール時代のカナンはずっとトキオしか見ていなかった。他人から好意を寄せられていたなんて思いもしなかった。ありがとう、とお礼を言うのも変で、困惑したカナンはうつむく。これ以上アレクシスと視線を合わせていてはいけない気がした。

「なあ、カナン、子ども欲しくないか？」

「え？　子ども？」

「まったくしてないってことはないだろうけど、旦那とうまくいってないんだろ？　それなら俺の子どもを産んでくれよ」

アレクシスの言う意味がわからず、カナンは言葉に詰まる。ただ、その誘いの不快感だけが背筋をぞくりと寒くした。

「おまえの旦那は長命種だから、子どもなんかいなくても金に困らない。だけど、カナンは母親になってみたいだろ？　俺なら産ませてやれるよ。俺の子をそいつの胤《たね》だって言って産めよ」

「なにそれ……アレクシスには何の利益もないじゃない」

「ああ、でも面白いだろ？　カナンはパートナーにひと泡吹かせてやりたいって思わないか？　こっちを雑に扱うヤツに、愛情や忠誠を誓う必要はない」

アレクシスはあざけるように言った。

「想像してみろよ、カナン。何も知らない旦那が馬鹿面で俺の子をあやしてる姿を。笑えるだろ？」

明るくはつらつとしていたアレクシスは、わずかふた月で変わってしまった。思い通りにならない夫婦関係にプライドが傷つけられて、自尊心を保ちたくてこんなことを言い出したのだろうか。それが醜悪な想いだと判断する力もなくしてしまったのだろうか。

「愛情が返ってこない人を愛するのは無駄なの？」

カナンは寄りかかっていた壁から背をはがし、アレクシスに向かい合う。

「さみしいかもしれないけれど、私は意味のないことだとは思わない。私、夫が好きなんだ。彼は私に興味がないかもしれないけれど、私は夫に気持ちを捧《ささ》げ続けたい。裏切るようなことはしたくない」

「お人好《ひとよ》しすぎるだろ」

「それでもいい。でも、アレクシス。パートナーへの腹いせにこんなことを考えたらいけないよ。自分の気持ちを素直に伝えたほうが何倍もいい」

アレクシスは動揺した様子を見せ、それから黙った。ややして、つぶした紙コップをゴミ箱に放る。

「帰るわ、俺」

「うん」

「変なこと言ってごめん」

そう言ったアレクシスは、カナンを振り向かず休憩室を出て行った。

印刷所から出ると雨が降り出していた。十区につく頃には雨足が強くなり、折り畳み傘を使っても足元はぐしゃぐしゃに濡《ぬ》れ、靴の中まで浸水してしまった。明日は休みなので、洗って干そう。そんなことを考えるも、心はずっと落ち着かなかった。アレクシスとの会話が浮かんでは消える。

気持ちが通じなくてもいい。そう言ったものの、カナンの心はいつだって不安だった。夫婦になって二ヶ月以上が経っている。トキオとの距離は縮まるどころか、目に見えない壁の存在を日に日に強く実感するばかり。トキオは、カナンを妻だと思っていない。それがわかってしまうからつらい。

自宅に入り、濡れた靴を脱いだ。室内履きに替え二階のリビングに入ると、間もなくトキオが帰宅してきた。彼もまた足元が濡れていた。

「すごい雨ですね。きみは大丈夫でしたか？」

カナンは黙って、リビングのドアでトキオが水滴をぬぐうのを見ていた。着替えに行こうとする背中に声をかける。

「今日、アレクシスと話しました」

トキオが振り向いた。藪《やぶ》から棒に始まったカナンの話に足を止める。

「妻とうまくいっていない。俺の子を産んでほしい。そう言われました」

さすがにトキオが表情を変えた。困惑の瞳がうかがうようにカナンを見つめる。

「……それでカナンはなんと答えたんですか？」

「夫を愛しているからできない、と」

トキオはため息をつくように「そうですか」と呟いた。それだけなのか。カナンは眉を寄せ、吐き出すように尋ねた。

「トキオさん、私たちの間に子どもはいりませんか？」

トキオは黙っている。カナンは顔をゆがめ、苦しい胸の内を吐露する。

「私たちは夫婦です。私は、ずっとずっとタカハタ先生が好きでした。あなたに会いたくて質問に通いました。今、トキオさんの妻になれて嬉しく思っています。だけど、あなたは私に触れてはくれない」

「カナン」

「前の奥様が忘れられませんか？　私では駄目ですか？」

ゆるく首を横に振るトキオは、くたびれたような顔をしていた。

「そういうことじゃないんです」

「じゃあ、どういうことですか？　子どもを生す義務が長命種にはないのですか？

生殖が大事だと学校で教えたのはあなたです」

「きみがマッチングされたということは、僕だって子どもを期待されています。だけど」

トキオは言葉を切り、深い洞《うろ》のような黒い瞳でカナンを見つめた。

「僕は誰とも子どもを生す気がありません。この先もずっと」

カナンは爪が食い込むほど拳を握りしめた。瞳から大粒の涙がぽろんとこぼれ落ちる。やはり、拒絶されていたのだ。この男はこちらと距離を取り、仮初《かりそめ》の夫婦ごっこをしていただけなのだ。

「それじゃあ、私の存在なんていらないですね」

声が引っかかりかすれた。カナンはうつむき、トキオの横を通り過ぎる。階段を駆け下り、室内履きを脱ぎ捨てびしょびしょの外履きに足を突っ込み、そのまま外へ出た。雨音が森を包んでいた。木々を揺らすほどの大きな雨粒の中、カナンは森に分け入り闇雲に歩いた。行く当てはなかったが、とにかくトキオの前から消えてしまいたかった。

「カナン！」

すぐに後ろから呼ぶ声が聞こえてくる。カナンはその声を無視し、柔らかな土と草の中を黙々と歩く。冷たい雨で身体は冷え、濡れて気持ちが悪かった足はすでに感覚がない。

「カナン、待ちなさい！」

声が近づいてくる。トキオがこちらを見つけたようだ。カナンは振り返らずにさらに森の奥に進む。

「滑るし、そっちには沢がある。これ以上先に行ってはいけません。止まりなさい！」

追い付いてきたトキオの手がカナンの腕をつかんだ。振りほどこうとしたら、ぬかるんだ土に足をとられ体勢が崩れる。

トキオが腕をつかんでいたため、カナンは膝をついただけで済んだ。しかしすでに全身は雨と土でどろどろに汚れていた。

「ふた月で、初めて触れてくれたのがこれですか！」

カナンは吐き捨てるように叫んだ。

「もうあなたの教え子じゃないのに！　あなたは私を生徒としてしか扱わない！　触れてはくれない。子どももいらないと言う」

「カナン、家に戻りましょう」

「私のことは放っておいてください。いらないなら優しくしないで。同情ならやめて……やめてください……」

くずおれ、呻《うめ》くように泣きじゃくる。涙が止まらなかった。好きな人に必要とされない。それがこんなにも苦しいなんて。そばにいられるだけで幸せだと思ったあの日がもう遠い。

「もういいです……何も望みません。……あなたがそうしたいなら……このまま形だけの夫婦でいます……。そうしますから……」

「カナン、きみは僕を憎んでいいんです。もっと恨んでくれていいんです。だけど、きみが妻でいてくれる限り……僕は……」

そこから先の言葉は聞こえてこなかった。強引に腕を引かれ、家に連れ戻される。バスルームに運び込まれ、どうにか自力でシャワーを浴びたが涙は止まらなかった。その後カナンは食事もとらずにベッドに入った。

苦しい夢を見ていた気がする。眠りの浅いところを行きつ戻りつし、熟睡はできなかった。明け方ふと一瞬深い眠りが訪れたのか、次に目覚めたときにはベッドの隣にトキオがいた。鏡台の椅子を持ってきたようで、そこに腰掛けうつらうつらとしている。

「トキオさん……」

寝たままの姿勢で呼びかけると、はっとトキオが覚醒した。

「カナン、身体は大丈夫ですか。熱は出ていませんか」

「……大丈夫です」

「そうですか。勝手に寝室に入ってすみません」

そう言ったきり、トキオはしばし黙った。やがて顔をあげる。

「一晩、色々考えました」

何を考えたというのだろう。カナンはどこか自棄《やけ》になったような気持ちで天井を見つめていた。

「今日は休みですね。きみの身体に問題がなければ、出かけませんか?」

考えた結果がふたりで出かけるとはどういうことだろう。そしてどこへ行くというのだろう。しかし、そういった話をするのもけだるく、カナンはこくりと頷いた。絶望が身を包んでいたけれど、トキオはまだ伝えたいことがあるようだ。そこに救いがあるかはわからないが、彼の気持ちなら聞いておくべきだと思った。

靴は昨日の出来事で泥まみれだった。手元にあるのはミドルスクール時代の革靴だけなので、それを履く。少し小さく感じたが、問題ないだろう。

トキオに伴われ、駅前からバスに乗った。どうやら都心部ではなく郊外に移動するようだ。十二区の駅前でバスを乗り換え、さらに郊外へと進む。やがて、野原の真ん中でバスを降りた。ふたりが乗ってきたバスはこのまま十三区へ向かうが、トキオの目的地はこの十二区の何もない場所にあるらしい。周囲には畑も田んぼもない。人家もない。遠く、牛が放牧されているのが見えるので、近くに牧場があるのかもしれない。

「もう少し歩きますよ」

トキオが指さす方向は低い山と山裾に広がる森。これは革靴で歩くには向かないかもしれないと思ったが、カナンは臆せず頷いた。

朝出発して、現在太陽は中天。雲は多いが、野山には心地よい秋風が吹いている。十区の自宅周辺もかなり静かな立地だが、このあたりは辺鄙《へんぴ》と言ってもいいくらいの田舎だ。セントラル地区にもこんな場所があるのかと思った。

森の遊歩道はきちんと整備されているようだった。こんな場所でも散策に来る人がいるのかもしれない。バスを降りて一時間ほど歩くと、湖に出た。

「綺麗」

カナンは思わず呟く。森の中の湖は澄んだ水面《みなも》に空と木々を映し、きらめいていた。

トキオがバッグから水筒を出し、カナンに手渡す。

「あそこに家があるのが見えますか？」

トキオが指さす対岸の少し小高くなったところに、黄色の屋根の小さな一軒家が見えた。遠目にもぼろぼろで、廃屋といっても差し支えない様子だ。

「僕が母と妹と住んでいた家です」

トキオが言う。カナンは夫の横顔を見上げた。

「三人で、あの家に」

「ええ、短命種の母が死ぬまでだから、僕が六歳、妹が四歳……あの頃が一番幸せでした」

トキオがこちらを見た。黒い瞳がさみしげに揺れていた。

「僕の話をしてもいいですか？」

「聞かせてください」

「僕の父は長命種で、寿命延伸研究の第一人者。母は一般の短命種ですが、父と遺伝子的な相性がよく、長命種を産む確率が高い相手として選ばれました。……きみと同じように」

カナンは息を呑んだ。やはり自分もまた、彼の前妻のように遺伝的な理由でトキオのパートナーに選ばれたのだ。

「僕の兄姉は、産まれてすぐに死んだそうです。長命遺伝子を持って産まれた僕と妹のサクラコは母とあの家で暮らし、時折セントラル一区に検査に行きました。父は家に寄り付かなかったし、母は身体が衰えても誰の手も借りずに僕らと過ごしました。自分が死んだ後、僕らがどう扱われるか想像して、極力長く共に暮らせるよう頑張っていたのでしょう」

わずか数年の幸福を思い出しているのか、トキオは対岸の家をじっと見つめている。

「母の死後、案の定僕らはセントラル一区の父の研究所に引き取られました。僕らは最初から実験児でした。長命種としての教育の傍ら、様々な実験を強いられました。友人はいなかったけれど、僕にはサクラコがいたので。孤独も虚しさも、サクラコといれば感じませんでした。彼女もまたそうだったのでしょう。やがて僕らは父の補佐として十代半ばで研究者になりました。そして僕は十八歳で妻と結婚しました」

トキオはカナンと同い年の頃、寿命延伸研究を担う重要な職務についたことになる。それではどうしてトキオは今、研究者ではなく教師をしているのだろう。長命種の父親は何も言わないのだろうか。

「奥様……も、遺伝子的な相性で選ばれたんですよね」

「以前も少し言いましたが、長命種は皆そうです。長命種が偶発的に生まれるとはいえ、長命遺伝子を継げるならそれに越したことはないですから。僕と相性がいいと父が選んだのがゾフィーア。三つ下で、きみと同じように研究者たちの思惑など知らずに嫁いできました。なかなか子どもを授からなくて、妊娠したときは本当に嬉しそうでした。だけど」

トキオは言葉を切ってうつむいた。

「身体があまり強くなくて。お腹の子どもと一緒に死んでしまいました。十七歳でした」

「お腹の赤ちゃんと……」

大事な人と生まれてくるはずだった我が子を同時に亡くしてしまったなんて。聞いているだけでやりきれない気持ちになり、カナンは言葉を失った。

「父に言われました。遺伝情報がいくらよくても、子どもを産めなければ意味がない。またおまえと相性のいい女を探すから少し待て、と。仮にも妻を亡くした息子にかける言葉かと思ったけれど、あの人は僕を息子とも思っていないのでしょう。僕はゾフィーアとの日々を思い出さないように、研究に打ち込みました。その三年後、妹のサクラコが亡くなりました」

以前も妹と前妻が亡くなった話は聞いたが、その時の割り切った表情とはくらべものにならないくらい、今のトキオは苦しそうに顔をゆがめていた。

「サクラコは長命種でしたが父の命令で長命種の同僚幾人かと子作りを指示されていたそうです。僕の知らないところで。度重なる流産で身体も心もボロボロになって、最後は病で亡くなりました」

「そんな……」

「父にとっては母も僕らも実験動物なんです。僕も妹も、身をもって長命遺伝子を残す実験をするのが仕事。幸いと言っていいのかわからないけれど、サクラコは可哀想《かわいそう》な実験児を増やすことなく亡くなりました。最期まで僕に『こんなに早く死んでごめんなさい。兄さんをひとりにしてごめんなさい』と謝り続けて」

固く握った拳が震えるのが見えた。トキオが失ってきたものの大きさが感じられた。

彼の人生は喪失の連続だ。

「妹の身体を茶毘《だび》に付しているときに、父が言いました。『おまえらの母親のように便利な女はなかなかいないな』と。僕はもうすべてに絶望してしまいました。研究者を辞め教師になったのは、父のそばにいたくなかったから。同じ気持ちで人類を有用かそうでないかで分類できなくなったから」

「トキオさん……」

「きみとの結婚は父の指示です。遺伝子的相性がよく、長命種の出産が期待できるとね。僕は父の呪縛から逃げきることはできません。きみがゾフィーアのようにならないとも限らない。無事に子どもを産めたとしても、そのほとんどは僕より早く死に、長く生きたとしても父に実験児として囲われる」

トキオはかぶりを振り、激した声で叫ぶ。

「そんな可哀想な子どもを、僕は増やしたくない！」

カナンはトキオにぶつかるようにすがりついた。腕にしがみつき、顔をうずめる。

「わかりました。充分、わかりました。つらいお話をさせてしまってごめんなさい」

「僕は……もうすべてが嫌なんです。人と人の愛を引き裂くこの世界のシステムも、短命種だらけの世界で長命種に生まれてしまった自分も、いつかきみのことを見送らなければいけない未来も……」

地面に膝をつきうなだれるトキオを、カナンは抱きしめた。それはふたりにとって初めての抱擁だった。

「人類なんてどうなってもいい。絶滅したって僕には関係ない。全部手からすり抜けていく運命なら、僕は今すぐ世界が滅んだっていい……！」

「あなたがそう思うことを誰が咎《とが》められるかしら」

カナンはまるで母親が子どもにするように、トキオの髪を撫《な》でた。何度も何度もあやすように。

「トキオさんがそう言うなら、私も子どもは望みません」

「カナン……」

「でも、私はあなたの妻です。妻になったんです」

カナンは屈《かが》みこみ、トキオの顔を正面から覗き込んだ。思いつめ、苦しげにゆがめられた夫の顔。頬にぺたりと手のひらを押し当て、優しく包む。

「僕の妻になったのは、きみにとっての不幸です」

「そんなことありません。言ったでしょう、初恋なんです。ミドルスクール時代からトキオさんが好きでした。あなたの妻になれて嬉しい。……できたら、これからはひとりの女としてあなたに愛されたい」

カナンは微笑んだ。ずっとずっと、こうして彼の瞳を見たかった。同じ高さで同じ立場で。彼の抱えていたものは重たいけれど、告げてくれただけで救われる。

「私の残りの十年をさしあげます。長命種を産む存在ではなく、ただひとりの女としてあなたのそばにいさせてください」

トキオの腕が伸び、カナンの背に回された。腕の中へ引き寄せられる。

「カナン、きみの聡明《そうめい》で好奇心旺盛なところが、僕はとても好きでした。だからこそ、きみを僕の人生に巻き込んだことを申し訳なく思っていました」

「あなたの話を聞いてなお、巻き込まれたとは思っていません」

「きみを愛してもいいんですか？　きみに教えてきた当たり前の幸福をあげられない僕が……」

「タカハタ先生、愛の告白はもっと笑顔でするものですよ」

そう言ったカナンの瞳からも涙がこぼれていた。

「あなたの長い人生の中で、私と過ごす十年はきっと幸せな時間になります。約束します」

互いの双眸《そうぼう》は涙で濡れていた。それでも、柔らかく重ねた唇は温かく、しっかりと重なった手の力は強かった。

空はいつしか曇り、小雪がちらつきだしていた。ふたりは湖面と対岸の黄色い屋根を眺めていた。

「私たちは子どもを作らない」

トキオの大きな手を両手で包み、カナンは微笑んだ。

＊＊＊

「カナン、お疲れ様」

職場の印刷所を出たところで、待ってくれていたのはトキオだった。カナンは駆け寄り、甘えるようにトキオの腕に自身の腕を巻き付ける。

「もう、トキオさんたら、迎えにこなくていいって言ったのに。途中下車するの手間でしょう？」

「別にそう手間でもないよ。きみの職場は駅から近いし」

トキオは優しく微笑み、片手にさげた箱を見せる。

「あらあら、それって？」

「ケーキ。今日は僕らの九回目の結婚記念日だからね」

カナンはふふふと笑みをあふれさせる。今日はふたりの結婚記念日。他の夫婦よりふた月ほど遅いが、九年前ふたりの気持ちが通じたのがこの秋の日で、毎年お祝いをしていた。

「カフェ・ボナパルトに頼んでくれたの？」

「ああ、カナンはあそこのケーキが好きだろう？　もちろん中身は……」

「オレンジタルト」

声が重なり、ふたりは顔を見合わせて笑った。

結婚して九年、カナンはもうすぐ二十四歳になり、トキオは四十歳になる。

トキオは教師の職を続け、毎日セントラル一区のミドルスクールに通っている。カナンは印刷所の事務部門に所属し、出荷と配送を管理していた。印刷所では年長者のひとりとして、同僚や部下たちからも頼りにされている。

ふたりの間に子どもはない。約束通り、九年間、夫婦ふたりで生きてきた。

「それにしても心配性ね、トキオさん。二十三歳で年金だってもらってるけど、私はすごく元気よ」

カナンは胸を張る。今日に限らず、トキオは頻繁にカナンを迎えに来ていた。日々の家事なども無理をさせないように気を遣ってくれる。

「それはわかっているけどね。きみが元気すぎるから、逆に無茶しないか心配になる僕の気持ちもわかってほしいものだけど」

「はいはい。来週の健康診断はついてきてもらいまーす」

本当のことを言えば、健康診断にはひとりで行きたかった。

カナンは最近視力の衰えを感じ始めていた。朝起きると手足がこわばり、うまく動かない日も多い。突然、指先が震えたりもする。どれも時間が経てば収まるが、老化の始まりなのはなんとなくわかり、それを健康診断で指摘されるのが嫌だった。自分ひとりならいい。しかし、トキオがそれを聞き、どんな顔をするかと思うと憂鬱だった。

常々、トキオは先に逝くカナンを家で看取《みと》りたいと言っている。エンディングハウスへの入居はしなくていい。最期のときは、自分が仕事を休んで何ヶ月でも付き添う。若い頃からずっとそう言ってくれていた。

そんな彼に、老化を隠し続けることはフェアではないだろう。どんなこともふたりの問題として解決していく。そうやって生きてきたのだ。

帰宅すると、トキオが祝いの席を整えてくれた。オレンジタルトの他に、今朝早起きして仕込んでいた料理の数々が並ぶ。

「今年もこの日を迎えられて嬉しいよ」

しみじみと言って、トキオは席についた。カナンは微笑む。

来年も再来年もこうして祝えると宣言するのは、少し無責任な気がした。

九年前は自身に残された時間が長い月日に思えた。約十年の年月を大好きな人と過ごせるのだと嬉しかった。しかし、過ぎ去ってみればなんと短い時間だったのだろう。九年は瞬く間に過ぎ去り、十四歳のカナンと二十三歳のカナンは、肉体も精神も大きく変わっていた。

「美味しそう。食べてもいい？」

「ああ、もちろんだ」

元気よくごちそうを食べながら、カナンは思った。近い将来、自分は愛《いと》しい夫を置いて逝く。死の足音はカナンの背後から耳には届いていて、それがいつ来るかは誰もわからない。その日を冷静に迎えられるだろうか。そして、残りの日々で夫にはどれほどの負担をかけるだろうか。

できることなら、もっと長く一緒に生きたい。もっともっと、彼の寿命に近いほど生きてみたい。

長く生きれば、さらに仕事ができるだろう。出産でキャリアの中断がなかったカナンは、女性としてはかなり重要なポストにいる。新しい仕事も覚えられるかもしれない。

トキオと旅行にも行ける。行ったことのない土地を冒険し、食べたことのない料理を食べるのだ。それはカナンの衰えない知的好奇心を満たしてくれるだろう。本だってたくさん読める。この家にはまだカナンが読み切れないほどの蔵書があるのだ。トキオと並んで本を読むのは至福の時で、命の期限が長ければ長いほど、その幸福を積み重ねていける。

しかし、カナンにはもうさほど時間は残っていない。

（うらやましい……）

それは口に出さないカナンの本音だった。長命種のトキオがうらやましい。彼にはまだまだ時間がある。カナンの死後、十年だって二十年だって時間がある。彼の人生には可能性が詰まっている。

長命種と暮らさなければ、こんな気持ちは知らずに死ねただろう。しかし、カナンは旧世界の人類の持っていた寿命に憧れを抱いてしまった。平均寿命二十五歳は、世界を知るにも愛を伝え尽くすにも、あまりに短い。

「カナン」

トキオに声をかけられ、カナンは自分が食事の手を止めていたことに気づいた。

「作りすぎたかな？　無理して食べなくていいから」

「そんなことないよ！　トキオさんの手料理は美味しいから、いくらでも入っちゃう」

カナンは大袈裟《おおげさ》なくらい明るい調子で言い、目の前の料理をすいすい口に運ぶ。元気がなさそうに見せたくはなかった。トキオが心配するからだ。

「トキオさんの作るごはんが世界で一番好き。そうだ、前作ってくれたトマトと牛肉の煮込み、あれが食べたいなあ。リクエストしてもいい？」

「わかったよ。今度の健康診断が終わったら作ってあげる」

「じゃあ、来週ね。約束よ」

カナンは明るく言って、食事を続けた。


健康診断はセントラル一区の研究施設内で行われる。これは、長命種の配偶者だからという理由らしい。ここにはトキオの父親も在籍していると聞くが、カナンは会ったことがない。これからも会うことはないだろう。トキオは敢《あ》えてカナンと父親を会わせまいとしているようだ。

ともかく、健康診断はいつも通りに行われた。主治医のアキクサ医師は六十代に届くほどの長命種で、トキオと妹のサクラコの主治医でもあったそうだ。

「自覚症状は目のかすみ、手足のこわばりと震えだね。血液の数値からも、老化の始まりの所見が出ているね」

アキクサ医師はそう言った。短命種の老化と長命種の老化は異なる。短命種は毒の蓄積で身体機能が衰えていくことを老化という。見た目に変化はないが、身体は内側から崩壊を始める。カナンは横で聞いているトキオの様子をちらりと見てから、アキクサ医師に視線を戻した。

「早いほうですか?」

「来月で二十四歳なら相応だろうね。老化の進行は個人差があるから、これからは毎月健康診断に来てもらうことになる」

今までは三ヶ月に一度だった健康診断が毎月になる。経過観察とはいえ、老化は始まっていると診断された。トキオは先ほどからカナンの横で硬い表情をしていた。何を思っているだろう。

「わかりました。また来月、よろしくお願いします」

カナンは頭を下げた。

「カフェ・ボナパルトに寄って帰りましょう」

研究施設は一区の中心地にあり、行政府の庁舎が近い。庁舎の裏手にはカナンお気に入りのカフェがある。健康診断やトキオの用事などで一区に来るときは、いつも寄ることにしていた。行政府の庁舎をぐるりと回り、カフェ・ボナパルトに到着した。

カナンの育った子どもの家や学校、寮もこの近くだ。

「ランチセットにケーキをつけてもいい?」

「ああ」

「先週オレンジタルトを食べたから、今日はシブーストにしようかな」

「いいと思うよ」

明るく振る舞うが、トキオは生返事ばかりだ。

「トキオさん、私まだまだ元気よ。だから、そんなに心配しちゃ駄目。気が早いわ」

カナンは椅子から腰を浮かせ、前のめりになってトキオの両頬を手で包んだ。しっかりとこちらを向かせ、視線を合わせる。トキオの黒い瞳は沈鬱だったが、カナンの姿を映すといつもの光を取り戻したように見えた。

「夫婦で楽しく過ごせるうちは、全力で楽しまなきゃ。不安につぶされていたら勿体《もったい》ないじゃない」

「きみの言う通りだね、カナン」

トキオの笑顔は無理をしているようにも見えた。カナンにできるのは、夫に不安を与えないよう元気な素振りを見せることだけ。だからこそ、笑顔でいなければならない。不安も羨望もにじませてはいけないのだ。

健康診断の翌朝、カナンはカーテンから漏れる日差しで目覚めた。今日は休日、のんびりしようと目覚ましはつけなかった。トキオとは同じ寝室のダブルベッドで眠っている。九年前、心を通わせ合ってからふたりで買い直したものだ。子どもは作らないと決めても、トキオとの間に情愛のこもった行為はあるし、ふたりでいられるときは眠っていてもそばにいようと誓い合ったからだ。

「カナン、おはよう」

ベッドサイドのテーブルに、トキオが紅茶を用意してくれていた。休日はたまにこういうサービスをしてくれる。しかし、トキオは今日仕事だったはず。

「トキオさん、おはよう。仕事は間に合うの？」

「午後からの出勤にさせてもらった。きみと少し話がしたくて」

なんだろう。そんなに急ぐ話だろうか。カナンは上半身を起こし、受け取ったティーカップを口元に運んだ。

「子どもを産んでくれないか」

トキオの唇から漏れたその言葉に、カナンは紅茶を飲み損ね、顔をあげた。信じられないという表情で。

「カナンに、僕の子どもを産んでほしい」

「なんで……なんでそんなことを言うの？」

カナンは眉間に皺《しわ》を寄せ、苦しげに尋ねた。ふたりで決めたことだ。子どもは作らない。ふたりきりで生きていく。

それは静謐《せいひつ》な誓いだった。

トキオにとって子どもを作らないことは、愛した人たちへの悔恨であり、父親への復讐《ふくしゅう》でもあっただろう。その苦しい胸の内を理解したからこそ、カナンも子どもを作らないと同意した。

しかし、カナンとて子どもが欲しくなかったわけではない。妊娠出産の経験、母親になる喜びに、期待と希望があった。愛する人の子が欲しいと思うのは自然な欲求だった。

それを容易に捨て去って、今日まで生きてきたのはすべてトキオのためだ。

「怖くなったんだ。情けない話だろう」

トキオがうつむき、絞り出すように言った。

「きみの衰えが怖い。きみが僕を置いて逝く日がくるのが怖い。きみがいなくなったら、僕はとうとうこの世でひとりぼっちになってしまう。……それなら、きみの忘れ形見がほしい」

「私が子どもを産んだとして、その子は半年で子どもの家に行くわ。あなたのそばにはいられない」

「父に話をつける。僕が研究者に戻るのを条件に」

トキオは顔をあげ、思いつめた表情でカナンを見据えた。カナンはきっぱりと首を横に振る。

「長命種とは限らない。そうすれば、その子もあなたを置いて逝くわ。トキオさんをまたひとりにしてしまう。そんなのは駄目よ」

「それでもいい。きみを、僕の人生に大きな光をくれたきみを……たったひとりで見送りたくない」

トキオの双眸から涙が滑り落ちた。床にぱたぱたと落ちる雫《しずく》を、カナンは呆然《ぼうぜん》と見つめていた。

「愛してるんだ、カナン」

自分たちが積み重ねてきた九年間を、いとも簡単に崩そうとする夫に、怒りとも虚しさともつかない感情が湧いた。それと同時に深い悲しみがカナンの全身を満たしていた。彼はまだ生きていかなければならないのだ。彼が望まなくても。

「ずるい人。……とても弱い人。憎いわ、トキオさん」

カナンの声は引っかかり、かすれた。それでも言葉を紡ぐ。

「私だって死にたくない。あなたといたら、二十五年の寿命がどれほど短いのか痛感するもの。私だって、あなたと同じくらい生きたい。生きていろんなものを見たい。感じたい。それなのに、まだ生きられるあなたがそんな我儘《わがまま》を言って私たちの誓いを汚《けが》すのね」

恨み言を口にしながら、カナンは泣いていた。そして、どうしようもなく理解していた。トキオの失うばかりの人生を。

ひとりだけ残される孤独を、彼はまた味わう。長い生の代償に、彼は多くの人を見送る。それが彼の運命だ。

抗《あらが》い続けたつもりだった。子どもを産むために作られたシステムに。しかし、結局のところ、自分も彼も愛とそれに伴うすべての痛みからは逃れられなかった。

「赤ちゃんを産みます」

やがて、カナンは告げた。トキオを見て微笑むと、細めた飴色の瞳から涙がぼろぼろとこぼれ落ちた。

「ずるくて弱いあなたに、私のかけらを残してあげる。トキオさんは私を愛してしまったものね。すごくすごく愛してしまったものね。私がいなくなったあとに、生きる目的があったほうがいい。私もあなたに生きていてほしいから」

「カナン、すまない。本当にすまない」

「いいの。頑張って産むから、ずっと離れずにそばにいてね」

「愛しているよ」

カナンはベッドから降り、ティーカップを置くと、背伸びをしてトキオに抱きついた。トキオが腕を回し、しなるくらいに強く抱きしめた。今この瞬間を切り取っておきたい。綺麗に保存し、何度も何度も思い返したい。死ぬまでの残りわずかな時間に。カナンはそう思って、目を伏せた。新たな涙が頰を濡らした。

カナンが男の子を出産したのはそれから一年後のことだった。その二ヶ月後、カナンは病床から起き上がることなくこの世を去った。二十五歳と一ヶ月だった。

＊＊＊

カナタと名付けられた子どもとともに、トキオがセントラル一区に移り住んだのはカナンの死から半年後だった。

トキオはカナタとともに暮らしながら、研究職に戻った。研究所内の居住棟に住み、日中はカナタをシッターに預けて研究に励んだ。父親の後を継ぐべく寿命延伸研究が以前のトキオの研究テーマだった。しかし、父と同じ分野に戻る気はなく、アキクサ医師の伝手《つて》で研究テーマを老齢期の終末医療分野に変えた。

父親はつい最近海外の研究機関に異動したため、トキオがカナタを父親に会わせる機会はなかった。父からも連絡はない。それは幸いなことだった。

「カナタは長命種だね」

アキクサ医師に言われたのは、カナタが満一歳を迎えた日の健診のときだった。アキクサ医師の手からトキオの手に息子が戻される。オムツしか身につけていない身体に手早く肌着を着せた。

「そうですか」

胸をなでおろしたのか、困惑しているのかわからなかった。長命種の業《ごう》、苦しみを可愛《かわい》い我が子も味わうのだ。

カナタはトキオの膝の上で足を振り回し、あーう、わーうと愛らしい声をあげている。珍しいところに来たので機嫌がいいようだ。

「父にはカナタが長命種であると報告しますが、何があってもカナタは渡しません」

「ああ、私からも口添えはするがね。彼はワンマンだから、どうなるか」

「もう家族をなくしたくないんです」

アキクサ医師は考えるように口ひげを撫で、それからトキオに携帯端末を手渡してきた。

「トキオ、参考までだがこれはここ二十年の一歳児のデータをまとめたものだ」

端末の画面を覗き込む。一見なんの表かわからなかったが、その羅列された文字列が遺伝子の配列データであることに気づいた。さらには各区の人数が表記されている。

「国内の長命遺伝子を持つ子どもの数だ。推移グラフもある。わずかだが増加傾向にある」

トキオはうかがうように顔をあげた。

「今後、長命種が増えていくということですか」

「まだなんとも言えないがね。きみたちが子どもの頃よりはわずかながら増加していると言えるだろう。さらに不思議なことだが、短命種の平均寿命も徐々に延伸しているんだよ」

アキクサはふうむと頷き、唇の右端をくっと持ち上げた。

「トキオ、私はきみの家族をきみと一緒に看取った。私自身も妻を看取っている。われら長命種にとって、この世界は少し残酷だ」

「ええ……そう感じます」

「しかし、人類はいつかこの星に蔓延《まんえん》した毒に打ち勝つのかもしれないな。誰もが八十年も、百年も生きる時代がまたやってくるのかもしれない」

「希望はあるのでしょうか」

トキオは腕の中のカナタを見下ろした。しっかりとした骨格。先日初めて一歩を踏み出した足。黒い髪は自分譲り、飴色の瞳はカナン譲り。顔立ちはどちらにも似ている。

この子が生きる世界がわずかでも明るい希望に満ちているなら、親としてどれほど嬉しいだろう。

「はるか遠い未来の話かもしれんがね。私もきみもとっくに死んだ先の先さ」

トキオもアキクサも失ったものを取り戻すことはもうできない。悲しさやさみしさも消えない。しかし、先の世代に夢を託すことはできるのだろう。

来月にはカナンの誕生日、再来月にはカナンの命日がある。トキオはカナタの両脇に手を差し入れ、あやすように持ち上げた。きゃっきゃとカナタが笑う。

「ママに報告しような。カナタの未来のこと」

＊＊＊

セントラル十区の森の中にある古い家。時刻は明け方。

玄関には大きなバッグが置かれ、荷物がパンパンに詰まっているのが見てとれる。トレッキングシューズなら、荒れた道も長時間の徒歩も疲れにくい。サイズはトキオと同じものを用意した。

トキオは玄関の灯《あか》りの下で作ったばかりのサンドイッチの包みを紙袋に入れていた。

「父さん、メシなんていいのに。わざわざ」

階段を下りてきた息子が言う。十五歳になったカナタは、すでにトキオと同じくらい身長があり、筋肉質な骨格はもう立派な若者だ。漆黒に近い髪に飴色の瞳、整った顔立ちは我が息子ながらなかなか男前だと思う。

「だって、おまえ好きだろう。ハムとトマトときゅうりのサンドイッチ」

「好きだけどね。あ、ディル風味のピクルスも入れてくれた？」

いらないという素振りを見せておきながら、そんなことを尋ねる息子に、トキオは苦笑いする。

「もちろん、入ってる。途中で食べなさい」

「ありがと。ジュノも喜ぶよ」

外はまだ日ものぼらない時刻。カナタはトレッキングシューズに足を入れ、しっかりと紐《ひも》を結ぶ。大きなバッグを肩に引っ掛け、立ち上がった。夏の日の出は早いので、移動するなら始発の電車でと指示したのはトキオだ。息子は素直にその時刻に出かけていこうとする。

戻らない旅なのは、親子ともども承知の上だ。

「何かあったときの連絡先はわかってるね」

「うん。だけど、何もないようにする。父さんは心配するなよ」

「ウエスト地区から先は……」

「平気だって、俺を信用して」

カナタは力強く言って、ドアノブに手をかけた。にかっと笑った顔が、亡きカナンによく似ている。眩い太陽のような笑顔だ。

「長生きしろよ、父さん」

「ああ、おまえもな」

玄関を出る息子を追って、トキオも外へ出た。まだ夜が明けきらない森。カナンと住んだ家から、愛息子《まなむすこ》が出て行く。

カナタは今日、恋人と駆け落ちをする。統一政府から決められたマッチングを拒否し、愛する恋人と幸せに暮らせる場所を探して逃亡する。

おそらく、カナタと恋人の駆け落ちは早々に明るみに出るだろう。それまでになるべく遠くに逃げてほしい。そのための準備はしてきたつもりだ。

逃亡幇助《ほうじょ》が公になれば、トキオの研究者としてのキャリアは終わりだ。数年前に父が亡くなり、父と対立していた国内外の研究者には息子だというだけで疎まれている。きっかけがあればトキオの立場は簡単になくなり、今後は誰に頼ることもできない長い隠遁《いんとん》生活が待っている。

しかし、それでもよかった。カナタが自由に生きられる道があるなら、そのほうが何倍も大事だった。

「じゃあな！」

丘を下る道で、カナタが腕を振り叫んだ。周囲に人家がないとはいえ、目立ってはいけない旅だ。トキオは人差し指をたて「しぃ！」とジェスチャーをするが、カナタは笑っているばかり。

曲がり道に差し掛かる前に、もう一度カナタが振り返った。トキオを見つめる飴色の瞳。その懐かしい色に涙が出そうになった。トキオは手を振り、息子の姿が見えなくなるまで見送った。

カナタの恋人のジュノは短命種だ。カナタもまた、いつかトキオと同じ悲しみを知るだろう。しかし、トキオと同じ幸福も味わうだろう。愛と死を知り、カナタは生きていく。遠い地で。

「カナン、ひと仕事終えた気分だよ」

トキオは明けきらぬ薄闇の空を見上げて呟いた。

カナタとジュノの子どもたち、そのまた子どもたち、いつかいつか遠い未来を想像する。そこでは愛はもっと自由だろうか。命の期限は長いだろうか。

愛し合う者同士が結ばれ、末永く添いとげる日がくることをトキオは願う。

「そんな世界で、またきみに会いたいな」

頼りなく細い明けの三日月が杉の木の上に浮かんでいた。トキオは見上げて、その名を呼んだ。

「ねえ、カナン」

―本書のプロフィール―

本書は、小学館文庫のために書き下ろされた作品です。

小学館文庫

私《わたし》たちは25歳《さい》で死《し》んでしまう

著者　砂川雨路《すながわあめみち》

二〇二二年九月十一日　初版第一刷発行

発行人　石川和男
発行所　株式会社　小学館
〒一〇一-八〇〇一
東京都千代田区一ツ橋二-三-一
電話　編集〇三-三二三〇-五九五九
販売〇三-五二八一-三五五五
印刷所――凸版印刷株式会社

この文庫の詳しい内容はインターネットで24時間ご覧になれます。
小学館公式ホームページ　https://www.shogakukan.co.jp

ISBN978-4-09-407176-4